红色家书：
致我的孩子

张 丁 编著

红旗出版社

图书在版编目（CIP）数据

红色家书：致我的孩子 / 张丁编著. -- 北京：红旗出版社，2024.5（2025.4重印）
ISBN 978-7-5051-5413-1

Ⅰ.①红… Ⅱ.①张… Ⅲ.①革命烈士—书信集—中国 Ⅳ.①I266

中国国家版本馆CIP数据核字（2024）第071422号

书　　名	红色家书：致我的孩子 HONGSE JIASHU: ZHI WO DE HAIZI			
编　　著	张　丁			
出 版 人	蔡李章	策　　划	王晓宇
责任编辑	刘云霞	责任校对	吕丹妮
文字编辑	张　颖	责任印务	金　硕
出版发行	红旗出版社		
地　　址	北京市沙滩北街2号	邮政编码	100727
	杭州市体育场路178号	邮政编码	310039
编 辑 部	0571-85310198	发 行 部	0571-85311330
E-mail	498416431@qq.com		
法律顾问	北京盈科（杭州）律师事务所　钱　航　董　晓		
图文排版	浙江新华图文制作有限公司		
印　　刷	浙江全能工艺美术印刷有限公司		
开　　本	710毫米×1000毫米　1/16		
字　　数	110千字	印　张	7.75
版　　次	2024年5月第1版	印　次	2025年4月第6次印刷
ISBN 978-7-5051-5413-1		定　价	28.00元

致读者（代序）

2016年12月12日，习近平总书记在会见第一届全国文明家庭代表时强调："家庭是人生的第一个课堂，父母是孩子的第一任老师。孩子们从牙牙学语起就开始接受家教，有什么样的家教，就有什么样的人。"

"德泽源流远，家风世泽长。"无论时代如何变化，无论经济社会如何发展，对一个社会来说，家庭的生活依托都不可替代，家庭的社会功能都不可替代，家庭的文明作用都不可替代。

家庭是家书诞生的源头，家书是家人沟通的载体。家书切切意万重，纸短情长寄相思。中国共产党百余年波澜壮阔的奋斗历程，孕育形成了宝贵的红色家风，铭刻着许多感人至深、催人奋进的家书故事。

革命先驱的家书是读者们阅读历史的一道入口。翻开这部《红色家书：致我的孩子》，读者们会看到一些熟悉的名字，比如向警予、赵一曼、谢觉哉、徐特立等，也会遇到一些相对陌生的名字，比如赵云霄、冷少农、王雨亭、阮啸仙等。他们当中，有冲锋陷阵的革命战士，有我们党隐蔽战线的英雄，也有运筹帷幄的高级将领，还有人民审计制度的创建者、人民司法制度的奠基者……他们都为我们党和人民的事业作出了卓越贡献。同时，他们还有一重重要的身份：父亲母亲。这些家书字字凝血，句句滚烫，是真情实感的自然流露，是至亲骨肉的贴心话语，闪耀着穿透岁月的光芒，不仅诠释了革命先驱为党和人民的事业拼搏奉献的坚定信念，抒发了敢为人先的奋斗精神，更饱含着对子女后辈的关爱关心、勉励嘱托和殷切期望、谆谆教诲。正是这些"字字彰气节，句句有家国，笔笔含牵挂"的红色家书，引领我们穿越革命岁月的浩荡洪流，让我们党百余年奋斗史有血有肉，让革命先驱从纸面走入我们的生活。

作为一部书信选集，《红色家书：致我的孩子》为读者们真实再现了革命先驱投身革命、救亡图存的历史片段，有生活的温度，有情感的浓度，更有思想的深度。读者们结合书信写作的历史背景，以及编选者对书信的释读，能够深入把握这些革命先驱的心路历程，进而尝试站在他们的角度去理解家书中的所思所感，体会到革命先驱对子女后辈牵肠挂肚的铁骨柔情，感悟到他们在艰难岁月中坚持奋斗、不断进取的壮志豪情和炽热深沉的家国情怀。

革命先驱用红色信仰写就的家书，是传承红色基因的宝贵精神财富。冷少农"无负于家庭，无负于社会"的谆谆告诫，赵一曼"不要忘记你的母亲是为国而牺牲的"的铮铮誓愿，韩雅兰"社会上正有许多重任，要待你们后生负担"的深切期盼，王雨亭"你要踏上民族解放战争的最前线"的临别赠言……其情切切，其意拳拳，这些不同寻常的教诲、期望、嘱托、寄语，是革命先驱的舐犊情深，也是超越小我的大爱。这些红色家书，是革命先驱与子女后辈的心灵交流，于今天的读者而言，则是伟大理想、宏大志向、革命信念的直接传承。

红色家书，有信仰，有深情，是情感的纽带，也是鲜活的历史。读者朋友们，阅读红色家书吧，革命先驱的家书，纸页会泛黄，字迹会模糊，但是其中凝结的精神和信仰依旧滚烫，力透纸背而历久弥新，激励我们珍惜今天、迈向明天。

特别要提一下的是，为进一步扩大本书的社会影响力，我们红旗出版社在本书最后设置了读者回信环节，策划推出"红色传承·信仰的种子"主题征文活动，通过这个方式，既让小读者掌握书信写作格式，也让大家把自己的读后感受表达出来，欢迎大家踊跃参与（具体征文要求见附录）。

红旗出版社编辑部
2024 年 4 月 10 日

目录 CONTENTS

现在正是掀天揭地社会大革命的时代
——1920年4月29日向警予致侄女向功治 / 1

要知道你的父母是怎样死的
——1929年3月24日赵云霄致女儿启明 / 7

我只能够寄一些买糖果的钱
——1929年10月7日竺清旦致女儿赛蓉、赛薇 / 11

无负于家庭，无负于社会
——1931年1月8日冷少农致儿子冷德苍 / 15

社会上正有许多重任，要待你们后生负担
——1931年5月23日韩雅兰致儿子韩蒲（节选）/ 21

事无大小，都有它的道理的
——1933年6月16日阮啸仙致儿子阮乃纲（节选）/ 27

不要忘记你的母亲是为国而牺牲的
——1936年8月2日赵一曼致儿子陈掖贤 / 31

你要踏上民族解放战争的最前线
——1939年6月4日王雨亭致儿子王唯真 / 37

能多做事即心安
　　——1950年1月21日谢觉哉致儿子谢子谷、谢廉伯 / 41

组织就是你的家
　　——1952年10月17日安静致女儿胡又环 / 45

做党外的积极分子最重要
　　——1953年9月28日徐特立致女儿徐静涵 / 49

必须趁此时机加十倍百倍地努力学习
　　——1960年2月1日吴玉章致吴本立等孙辈（节选）/ 53

爸爸妈妈都没有把你看成是我们的财产
　　——1964年4月15日张风玄致女儿张新秋（节选）/ 61

革命老前辈这条革命道路走的实在不容易
　　——1964年4月25日戴流致儿子张昭兴 / 67

一辈子为人民服务
　　——1969年12月4日滕代远致儿子滕久明（节选）/ 73

学习就是工作，工作中也要学习
　　——1970年4月4日陈翰笙致外孙女吴笙（节选）/ 77

作一个高尚正直的人，虽苦犹乐
　　——1972 年 2 月 14 日胡华致胡宁等诸儿（节选）/ 83

今天的幸福生活来的不容易
　　——1977 年 8 月 26 日杨树达致女儿杨雅珍 / 89

一个革命者不要围绕个人问题打转转
　　——1980 年 9 月 13 日牟怀真致儿子季嘉（节选）/ 95

尽早成为一个人格、素质俱佳的对社会有用的人
　　——1993 年 9 月 20 日孔繁森致女儿孔玲 / 101

群众是我们的力量源泉和胜利之本
　　——1995 年 9 月 20 日吴润身致侄子碾孩、侄媳杏琴（节选）/ 107

附录："红色传承·信仰的种子"主题征文活动 / 114

现在正是掀天揭地
社会大革命的时代
——1920年4月29日向警予致侄女向功治

向警予（1895—1928），湖南溆浦人，原名向俊贤，无产阶级革命家、妇女解放运动领导人之一。早年接受新式学堂教育，1918年加入新民学会，1919年12月赴法国勤工俭学，1922年初加入中国共产党，成为最早的女共产党员之一。中国共产党第一位女中央委员，曾担任党中央第一任妇女部部长。1928年不幸被捕牺牲，年仅33岁。

功侄：

　　我来法年余接得你两封信，第二次信文字思想迥异于前，几疑不是你写的。这样长足的进步，真是"一日万里"，不禁狂喜！

　　科学是进步轨道上惟一最重要的工具，应当特别注意。你现在初级师范，程度与中学相当。所习的是普通科学（即基本科学），应当门门有点常识。你于英算文理能加以特别研究固好，但不要把别的抛弃了。

　　你不愿做管理家业的政治家，愿发奋作一改造社会之人，有思想有识力，真是我的侄侄！现在正是掀天揭地社会大革命的时代，正需要一般有志青年实际从事。世界潮流社会问题都可于报章杂志中求之。有志改造社会的人，不可不注意浏览。毛泽东、陶毅[1]这一流先生们，是我的同志，是改造社会的健将。我望你常在他们跟前请教！环境于人的影响极大。亲师取友，问道求学，是创造环境改造自己的最好方法。你们于潜心独研外，更要注意这一点。万不要一事不管，一毫不动，专门只关门读死书。

　　熊先生与我同在蒙台女学[2]，人甚好。范先生住距已不远之可伦坡，间与我通信，亦好。

　　你要的明信片，有钱即买寄。以后如能将你的一切状况时常告我，我最欢喜！近拟与熊先生们组织一通信社，以通全国女界之声气。此事如成，你们于立身修学亦可得一圭臬[3]矣。

九姑
四月二十九日早后

这是向警予留法期间给侄女向功治写的一封回信,反映了一位先进的青年人崇高的精神境界。向功治是向警予大哥的女儿,向警予留法期间,曾接到过向功治写来的两封家书。向功治在家书中向姑姑谈起自己尚不成熟的人生理想,"不愿做管理家业的政治家,愿发奋作一改造社会之人"。向警予在回信中肯定了侄女在学业和思想方面的进步,认为她有思想有见识,是自己的好侄女。向警予指出,现在是社会翻天覆地大变革的时代,正是青年大显身手的时候,希望侄女注意学习科学知识,多阅读报纸杂志,多向毛泽东、陶毅等先进青年学习,不要关门死读书,要在一个开放的环境中锻炼、改造自己,使自己得到提高。

蔡和森和向警予

注释

1 陶毅(1896—1931):字斯咏,湖南湘潭人。1916年考入周南女子中学,与向警予、蔡畅合称"周南三杰"。思想激进,为新民学会会员,曾任湖南省学生联合会与湖南各界联合会副会长。1931年初不幸病逝。
2 蒙台女学:蒙达尼女子公学。20世纪早期,一批勤工俭学的中国青年女学生曾在这里学习、生活。
3 圭臬:借指准则或法度。

1895年，向警予出生于湖南省溆浦县商会会长之家，排行第九。1903年，8岁时，她成为全县第一个进入新式学堂的女学生。1911年辛亥革命后，她到长沙，先后在湖南省立第一女子师范学校、周南女校读书，改名向警予，表示对封建势力的高度警惕和反抗。1918年加入毛泽东、蔡和森等创立的新民学会，并组织湖南女子留法勤工俭学会。1919年在家乡参加了五四运动。同年12月，她同蔡和森、蔡畅及蔡母葛健豪等30余人远涉重洋，赴法国勤工俭学。1920年初，向警予来到巴黎，进入蒙达尼女子公学。5月，与蔡和森结为革命伴侣。不久，她与周恩来、李立三等在法国成立共产党组织。

1921年底，向警予启程回国，并于1922年初加入中国共产党，成为最早的女共产党员之一。1922年7月，在党的二大上，她当选为第一位女中央委员，担任党中央第一任妇女部部长。她主编了《妇女周报》，用马克思主义理论阐述中国妇女问题，号召广大女性团结起来，为解放自身投入到革命运动中去。在党的三大上，她当选为中央委员，担任妇女运动委员会第一任书记，在党的四大上连任党中央妇女部部长。1925年"五卅"运动爆发后，她积极组织和领导上海妇女参加斗

1920年春假期间，在蒙达尼公学学习的勤工俭学学生合影。前排左起：一蔡和森，二向警予，四李志新，九熊季光，十蔡畅，十一萧淑良，十二熊淑彬

争，发表40多篇有关女权解放的文章，指导中国妇女运动。

　　1925年10月，向警予、蔡和森等受党中央派遣赴莫斯科东方共产主义者劳动大学学习，1927年3月回国后在武汉从事工人运动和党的地下斗争。1928年3月20日，由于叛徒出卖，向警予在武汉法租界三德里被捕，5月在汉口余记里刑场英勇就义，年仅33岁。

　　蔡和森闻讯后撰写了《向警予同志传》表达怀念之情。他在文中写道："伟大的警予，英勇的警予，你没有死，你永远没有死！你不是和森个人的爱人，你是中国无产阶级永远的爱人！"

　　1939年，毛泽东在延安纪念三八妇女节大会上高度评价了向警予的一生，他说："要学习大革命时代牺牲了的模范妇女领袖、女共产党员向警予。她为妇女解放、为劳动大众解放、为共产主义事业奋斗了一生。"

要知道你的父母是怎样死的
——1929年3月24日赵云霄致女儿启明

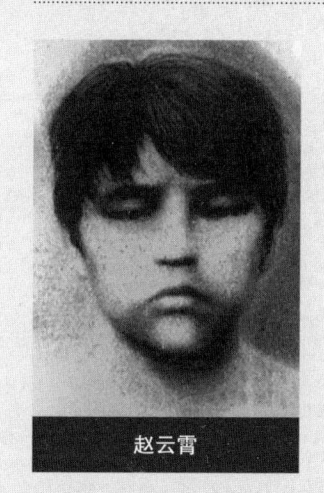

赵云霄（1906—1929），又名赵凤培，河北省阜平人。1924年加入中国社会主义青年团（中国共产主义青年团前身），1925年加入中国共产党。1925年冬，由党组织选送到莫斯科中山大学学习。其间，与一起学习的湖南共产党员陈觉结为革命伴侣。1927年9月，同陈觉一道回国。11月，随陈觉到湖南醴陵参加年关暴动，不久被调回中共湖南省委机关，负责组建湘南特委。1928年4月，由于叛徒告密，被敌人逮捕，关押在长沙陆军监狱。1929年3月，英勇就义，年仅23岁。

启明我的小宝贝：

　　启明是我们在牢中生了你的时候为你起的名字，这个名字是很有意义的。因为有了你才4个月的时候，你的母亲便被湖南清乡督办署[1]捕于陆军监狱署来了。当那时你的母亲本来立时死的罪，可是因为有了你的关系，被督办署检查了四五次方检查出来是有了你！所以为你起了个名字叫启明。(与你同样同生一个叫启蒙)[2]小宝宝！你是民国十八年正月初二日生的！但你的母亲在你才有一月有十几天的时候便与你永别了！小宝宝你是个不幸者，生来不知生父是什么样更不知生母是如何人。小宝贝你的母亲不能扶养你了，不能不把你交与你的祖父母来养你。你不必恨我！而〈要〉[3]恨当时的环境！

　　小宝贝，我很明白的告诉你，你的父母是个〔都是〕[4]共产党员且到俄国读过书(所以才处我们的死刑)。你的父亲是死于民国十七年阳历十月十四日，即古历[5]九月初四日。你的母亲是死于民国十八年阳历三月廿六日，即古历二月十六日。小宝贝！你的父母你是再不能看到，而也没有像片给你，你的母亲所给你的记念只有像片和衣物，及一金戒指，你可作一生的唯一的记念品！

　　小宝宝，我不能扶育你长大，希望你长大时好好的读书，且要知道你的父母是怎样死的。我的启明，我的宝宝，当我死的时候你还在牢中。你是个不幸者，你是这个世界上的不幸〈者〉！更是无父母的可怜者。小明明，有你父亲在牢中给我的信及作品，你要好好的保存。小宝宝，你的母亲不能多说了。血泪而成。你的外祖母家在北方，河北省阜平县。你的母亲姓赵，你可记着。你的母亲是二十三岁上死的。小宝宝！望你好好长大成人，且好好读书，才不负你父母的期望。可怜的小宝贝，我的小宝宝！

你的母亲于长沙陆军监狱署泪涕
一九二九年三月二十四日

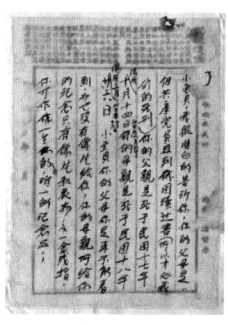

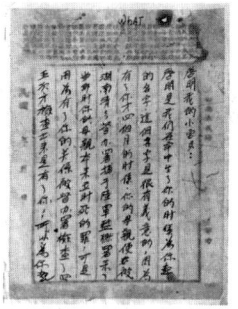

赵云霄的绝笔信（部分）

1928年10月，陈觉就义，年仅25岁，牺牲前未能见到自己的孩子。赵云霄因怀有身孕，刑期推迟5个月。1929年2月，赵云霄在狱中生下一名女婴，即上面这封家书的收信人启明。3月26日，赵云霄为孩子喂完最后一次奶，从容赴死。在牺牲前两天，赵云霄给女儿写下了上面这封绝笔信。

注释

1　1928年，国民党反动派为大规模镇压革命运动，向革命力量发起进攻，于4月27日成立湖南全省清乡督办署，在全省实行全面"清乡""剿共"。
2　（）中为作者原信中的说明性文字，下同。
3　〈〉中为增补的字，下同。
4　〔〕中为改正的字，下同。
5　古历：阴历。

陈觉、赵云霄都出生于比较富裕的家庭，自幼受到良好的教育，较早接受进步思想，树立了为共产主义奋斗终生的革命理想。作为先进的青年人，他们都在大革命时期加入了中国共产党，很快被党组织送往苏联学习。1927年9月，正当全国笼罩在白色恐怖之中时，陈觉与赵云霄学成回国，在党的领导下从事地下斗争。他们既是恩爱的夫妻，也是并肩战斗的战友。

陈觉、赵云霄被捕后，敌人对他们多次审讯，残酷折磨，但他们宁死不屈，表现了共产党人的崇高气节，用实际行动践行了"永不叛党"的誓言。陈觉写给妻子的信被称为刑场"情书"，信中饱含着革命志士宁为玉碎不为瓦全的英雄气概和对妻子的一往情深，以及对父母无限的感激和思念。

陈觉夫妇被捕后，陈觉的父亲陈景环曾试图通过贿赂国民党上层来营救他们，但敌人开出的条件是，要求陈觉和赵云霄签一份同意脱党的悔过书，签了悔过书，就可以保住性命，重获自由。但陈觉夫妇毅然拒绝以背叛信仰来换取自由。1928年10月10日，陈觉在写给赵云霄的诀别书中说："谁无父母，谁无儿女，谁无情人！我们正是为了救助全中国人民的父母和妻儿，所以牺牲了自己的一切。我们虽然是死了，但我们的遗志自有未死的同志来完成。"面对死亡，毫不畏惧，牺牲自己，为了大家，这就是共产党人的心声！

赵云霄在遗书中明确告诉女儿，她的父母是共产党员，且到俄国读过书，因此才被杀害，希望女儿好好读书，明白父母之死的伟大意义，继承父母的事业。令人痛心的是，被祖父母从监狱接出并抚养的小启明，未能像母亲希望的那样"长大成人"，在11个多月的时候生了一场大病，十几天后不幸夭亡。后来，陈景环将陈觉弟弟的孩子过继到了陈觉名下，取名陈树勋。

我只能够寄一些买糖果的钱
——1929年10月7日竺清旦致女儿赛蓉、赛薇

竺清旦（1899—1935），字起元，浙江省奉化县董村人，大革命时期浙江农民运动杰出的领导人。1917年起，先后在奉化、镇海、鄞县的一些小学当教员或校长。1925年加入中国共产党。1926年6月被选为中共宁波地委委员兼农民运动委员会书记，后去广州参加毛泽东主持的第六届农民运动讲习所学习，12月被选为宁绍台农民协会会长。1927年4月，被党组织委派，赴武汉参加第四次全国劳动大会，后被送往苏联学习。1927年10月进入莫斯科东方大学学习，1928年夏转入莫斯科中山大学。1930年10月回国到新疆工作，1935年12月惨遭反动军阀杀害，年仅36岁。

我亲爱的女儿赛蓉、赛薇：

  我知道你们很可怜！没有钱买皮鞋，没有钱买雨伞，没有钱买糖果。蓉儿、薇儿，买糖果的钱我已给你们寄来三元美国洋钱[1]，兑中国洋钱至少有五元多，或者有六元，这是特为你〈们〉两个人买糖果的。这钱上海银行[2]里会寄"汇票[3]"来，托人去拿好了，不知现在有寄到没有？如没有寄到，等几天一定就会到的。

  蓉儿、薇儿，我只能够寄一些买糖果的钱，皮鞋雨伞我没有钱可以寄给你们。因为我现在也是在读书，没有去赚钱；所以你们要努力读书，书读会了自己去赚钱，只有自己会赚钱才有钱用。

  你们苦的地方很多，但你们要想，我们是穷人家，穷人要有穷打算，不好学有钱人的样子，因为我们家里没有钱呀！

  你们要想到你〈们〉的可怜的妹妹赛琴[4]！赛琴是因为家里没有钱，做养生[5]了，他〈她〉联〈连〉母亲都看不见了，你们虽然看不见父亲，可是还有母亲来保护你〈们〉哩！

  日记做了么，下个月寄到德国来给我看，我现在到德国去，愿你们努力用功！

你们的父亲写的
十月七日

注释

1　洋钱：银圆。旧时使用的银质硬币。
2　上海银行：全称上海商业储备银行，创建于1915年。
3　汇票：银行或邮局承办汇兑业务时发给的支取汇款的票据。
4　赛琴：竺清旦的三女儿。
5　养生：童养媳。

竺清旦家书，抄写件

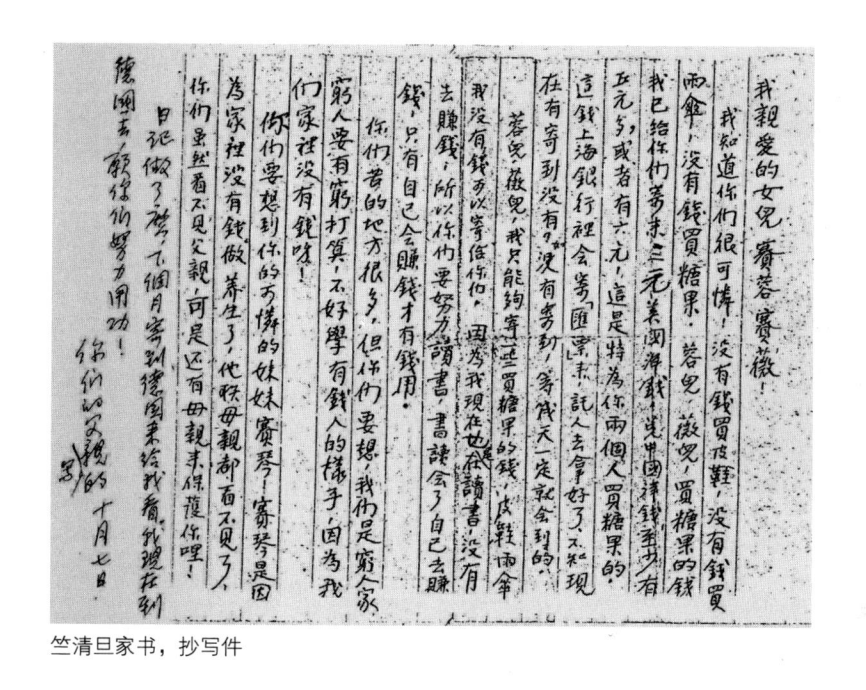

这是远离祖国的竺清旦写给大女儿赛蓉和二女儿赛薇的家书，透露了自己经济困难，希望女儿们努力读书，不要学有钱人的样子，要有穷人的志气。

远在异国他乡的竺清旦，日夜为妻儿的衣食忧心忡忡。他频频寄回家书，表达对妻儿的眷念和深情。妻子卢湘卿不识字，丈夫的来信都得请人代读。每当接到丈夫的远方来信时，她都如获至宝，即使在白色恐怖的环境中也悉心珍藏。

竺清旦离乡远行时，大女儿赛蓉11岁，二女儿赛薇才8岁，迫于生计，三女儿赛琴被送给一农家做了童养媳。最小的孩子是竺清旦出了国门以后才来到人间的。为了纪念他和妻子"在流离劳苦中所生"，竺清旦给未见过面的孩子取名为"劳生"。

竺清旦关爱孩子，舐犊情深，每每思念这几个孩子，负疚的心情就难以解脱。他一向认为孩子是未来的希望。他要求妻子尽可能让孩子读几年书，以长知识、明事理，将来得以立足社会，继承父辈的事业。他勉励女儿们努力学习，在没有条件上学时也要坚持自学。

竺清旦积极宣传反帝，回国后投入新疆的建设，却遭到军阀盛世才的疑忌。这时，他忽然收到二女儿赛薇的来信，信中向他诉说大姐患了肾炎。年仅15岁的长女赛蓉，因无钱医治不幸病逝。1935年12月的一天，竺清旦惨遭反动派的毒手。他没能实现重回内地投身革命斗争的夙愿，永远离开了日思夜想的亲人，壮志未酬，遗恨终天。

卢湘卿望眼欲穿，丈夫却从此杳无音讯。谁知祸不单行，体贴懂事的二女儿赛薇突发心脏病，一夜之间就被死神夺去了生命。卢湘卿连失两女，伤痛欲绝，命运给她带来了人世间最惨痛的遭遇。她含辛茹苦，顽强地挣扎，拉扯最小的女儿成长。

抗日战争时期，卢湘卿毅然将身边相依为命的唯一的小女儿劳生送去参加新四军浙东抗日纵队。卢湘卿踏着丈夫的足迹也走上了革命道路。解放后，她成为土改积极分子、农会干部、县人民代表，将手头保存的十多封丈夫的家书和关于农运工作的两个笔记本，还有她冒着极大危险从宁波随身携带并珍藏多年的宁绍台农民协会会旗等革命文物，一并捐献给了人民政府。

卢湘卿

卢湘卿保存的宁绍台农民协会会旗

无负于家庭，无负于社会
——1931年1月8日冷少农致儿子冷德苍

冷少农（1900—1932），贵州省瓮安县人，中国共产党隐蔽战线英雄。1917年考入贵州公立法政专门学校，开始接受马列主义真理，立志拯救劳苦大众。1925年，辞别家人，南下广东，报考黄埔军校，毕业后加入中国共产党。1927年，奉党的指示前往南京，打入国民党政府训练总监部、军政部内部，为党提供了许多重要军事情报，为红军三次反"围剿"的胜利作出了重要贡献。1932年3月，由于叛徒出卖，南京地下党组织遭到破坏，冷少农身份暴露，被捕入狱。6月9日，在南京雨花台英勇就义，年仅32岁。

苍儿：

　　收到你的信，使我无限的欢欣！使我无限的惭愧！你居然长这样大了，你居然能读书写字，并且能写信给我了。我频年奔走，毫无建白，却得你这一个后继希望，这使我是多么的欢欣啊！然而你的长大，和你的教养，我都未负一些责任，同时却有累了你的祖母、伯父、母亲。虽然是社会和时代所造成，我的内心实不免万分惭愧，在惭愧中还要你为我向你的祖母、伯父、母亲们深深致谢！

　　时代的车轮，不息的旋转，你生在中产的家庭，得饱食暖衣的读书写字，这种机会，是非常难得的，希望你好好的努力，以期无负于家庭，无负于社会。同时你要常时留心到远的或近的人们，有许多是不有法得读书写字，有些更是没有法解决衣食。你就要想到你读书写字的目的，是要为这一批人求一个适当的解决。这一层，我更望你，朝斯夕斯[1]的，不要轻轻放过。

　　一个人除解决自身的问题而外，还须顾及到社会人类，而且个人问题，须在解决社会人类整个的问题中去求解决。所以家庭（即社会）之养成，□□[2]要你将〈来〉肩负巨□之责任，是有□□□□德在等着。于此，你除好好的努力读书写字，养成能力而外，还须健全你的身体，每日除读书写字而外，还须作有规则、有益健康之运动与游戏，使智识[3]与体力同时并进，预备着肩负将来之艰巨。

　　你的祖母、伯父、母亲是十分钟爱你。我虽然离开得远，不能向你作切实的表示，但是也不能说我不爱你。不过，他们之爱你，是望你将来成为一个特出的人物，一切以自己以家庭利益为重的特出于一般人的人物；我之爱你，是望你将来为一极平凡而有能力为一般劳苦民众解决不能解决之各项问题、铲除社会上一切不平等之人物。苍儿！社会之新光在照耀着你，希望你猛进！

至于你对我所说的一切，我当然□领会得，我既以这样的远大期许你，我为完成我的期许，我为一般被压榨穷苦无告的人们而期许你。对于你的要求，我将尽力的站在正确的立场，而允许你，而设法为你实现。苍儿！再会！

在新年的晨光中，为你祝福！

你的权哥同此。

农
元月八日

注释

1 朝斯夕斯：朝于斯，夕于斯，即早上这样，晚上也这样，形容有恒心。
2 □为家书原稿中模糊不清无法识别的文字。下同。
3 智识：智力、识见。

冷少农家书手迹（部分）

　　这是中国共产党隐蔽战线的英雄冷少农烈士写给儿子的唯一一封家书，寄托了对儿子无尽的爱和深切的期望。冷少农离开家时，儿子冷德苍才5个月大。几年不见，冷德苍已有6岁，开始学习写信，就给爸爸写了一封信。1931年1月8日，冷少农给儿子回了上面这封信。信中，冷少农对自己在儿子的成长过程中未能尽到教养之责深表歉疚，希望儿子珍惜能够上学读书的机会，努力学习文化知识，同时树立为社会和劳苦大众服务的远大理想。不幸的是，冷德苍因为工作劳累，得了肺结核，30岁就去世了。

　　从25岁离家投身革命，到32岁牺牲，冷少农没有回过家，再也没有见过自己的家人。1934年12月，中央红军长征经过贵州省瓮安县境时，周恩来曾专门派人到冷少农烈士家中看望和抚恤烈士家属。

此外，冷少农还有一封长信写给母亲，这是一封长达14页、5000多字的回信。冷少农多年不回家看望亲人，母亲对他产生了误会，甚至在书信中指责他"不忠不孝，忘恩负义"，而冷少农又无法向母亲坦白自己不能回家的真正原因，因此一直陷入痛苦和内疚之中。身为中国共产党隐蔽战线革命先驱，冷少农送出的情报"一纸可抵百万兵"，面对母亲的指责，他写了这封长信，希望母亲能够理解他。但为了保守潜伏秘密，信中他只能用至善大孝告诉母亲，自己绝非"不忠不孝，忘恩负义"的"不孝儿"，他是把他的孝移去孝顺大多数痛苦的人类："母亲，您老人家和家庭中一切人过去和现在的痛苦，我是知道的，但是无论怎样的苦，总不会比那些挑抬的、讨田耕种的、讨饭的痛苦。我因为见着他们这样的痛苦，心里非常的难过，我想使他们个个都有饭吃，都有衣穿，都有房子住，都有事情做。我要这样干，非得把全身的力量贯注着，非得把生命贡献。"多年以后，当母亲得知冷少农为国家所作的贡献后，不仅原谅了他，还深深以他为骄傲。

革命牺牲工作人员家属光荣纪念证

冷少农烈士家人合影。前排左起：少农之妻商娴贞、少农之孙冷启中、少农之母宋德惠。后排左起：少农儿媳张先全、少农孙女冷启荣、少农之子冷德苍。摄于1948年前后

社会上正有许多重任，
要待你们后生负担
—— 1931 年 5 月 23 日韩雅兰致儿子韩蒲（节选）

韩雅兰（1905—1943），陕西省蒲城县人。20 世纪 20 年代在陕西省立女子师范学校读书期间加入中国共产党。大革命失败后，1930 年 3 月赴上海，后入复旦大学中国文学系学习。1936 年 6 月从复旦大学毕业。同年秋，由上海返回西安，在西安女子中学教书。1936 年底赴延安，后进入中国人民抗日军事政治大学第二期第四大队女生区队学习。1937 年全面抗战爆发后，奉党的指示返回西安从事地下工作，参加陕西妇女抗日救亡运动。1943 年 6 月不幸病逝，年仅 38 岁。

我的儿：

············

回忆去年三月一日，我同你父亲为着前途的一线希望，不得不和我一时未曾离过我怀抱的爱儿分别了。当我临整装起程时，我到你的床边看你，你尚在温柔的睡乡中，时候很早，笼罩着宇宙的黑色帷幕，尚未完全揭去，房内点着灯，你的桃红色的小脸上浮现着一层活泼的愉快的微笑，尤其在灯光底下反映着煞是可爱。因想到我走后你醒来，必要哭着喊妈妈了，一时心里难过，实在不忍别你而他游了。当时很想喊醒你再把你紧紧的抱一抱，又恐你起来哭着要跟我，那你的母亲的心更要疼烂，所以只得含泪在你肥胖的桃红色的小脸上轻轻的亲个长吻，回头向奶妈很伤心的、诚恳的说一声，"希望你善意的看护我的爱儿，我以后要报你的心的"，以后就说不出一句话来，流着泪离开你。从此你母就走入了残酷的、黑暗的社会大道，过那漂泊的旅客生活了。而我儿从此不能再享受母爱了。幸有你外曾祖母和你外祖父爱护你，我儿总不至受大苦吧！

以后接你外祖父的信说，我走后你曾喊着要妈妈，没有哭，你外祖父恐我难过，所以那样讲。岂实我已很明白，安葬你祖母时，我回乡间仅隔几天，你尚且哭个不了，这次怎能不哭呢。

我的儿，你母因想念你以致整夜不能成寐，你晓得吗？身虽不在你左右照护你，但心未尝不在你身上着想。某夜梦见你非常瘦小、懦弱，醒后很是难过。疑你有病，及至接你父信，方才放心。昨夜又梦见你要我抱，很活泼的在我身边玩，醒后才知是梦，因此更想念你，心中非常难过，恨不能即时回家，把我儿抱在怀中好让我亲无数的吻呀！残酷的、险恶的人情，已给你母很大的教训，我以前所爱的人，如今都已回报一个冷酷的面貌给我看，使我寒心极了。现在惟一的挚爱的只有你，在我心上的也只有你，儿呀！你才是你母在悲痛愤恨无法自解时的第一个安慰者，你而外尚有谁？

你还很年小，前途是有无限希望的。你父说你好上学，好，就祝你能常常如此，努力奋发。社会上正有许多重任，要待你们后生负担，正有无数的被几重铁链缚得紧紧的同胞，在那里辗转呻吟，需要同情者，有血气、有奋斗精神的青年们，帮他们斩断那些束缚他们的铁链。我儿，你就是这些青年的候补者，我希望我儿将来能以负此重责。虽然你现在才满三岁，但我对你前途已抱无穷的希望！！！

你母虽是懦弱者、无能者，但不愿她的爱子也是这样的人。我儿！我希望你将来成一个忠直的、勇敢的、有志气的人，作一桩人应当作的事。

因为昨夜梦见你，今天非常的想念，不知不觉的写了这许多话，留着待你将来长大了，认识字时再给你看吧。或者你母到那时，因意外而离开人间也未可知。俗云"天有不测风雨，人有不测祸福"，况且生在廿世纪，世界的局势正在急剧的转变，而尤其生在这样紊乱的中国，谁能不受大的刺激？谁能保持自己的生命呢？何况你母还是伤感的人，正不知将来有什么结果？这就是你母对你要说的话，随时想起随时写的原因，然我为儿的幸福及我自己的种种责任，也努力的要生活下去。

母字示
廿年五月廿三日

韩雅兰家书

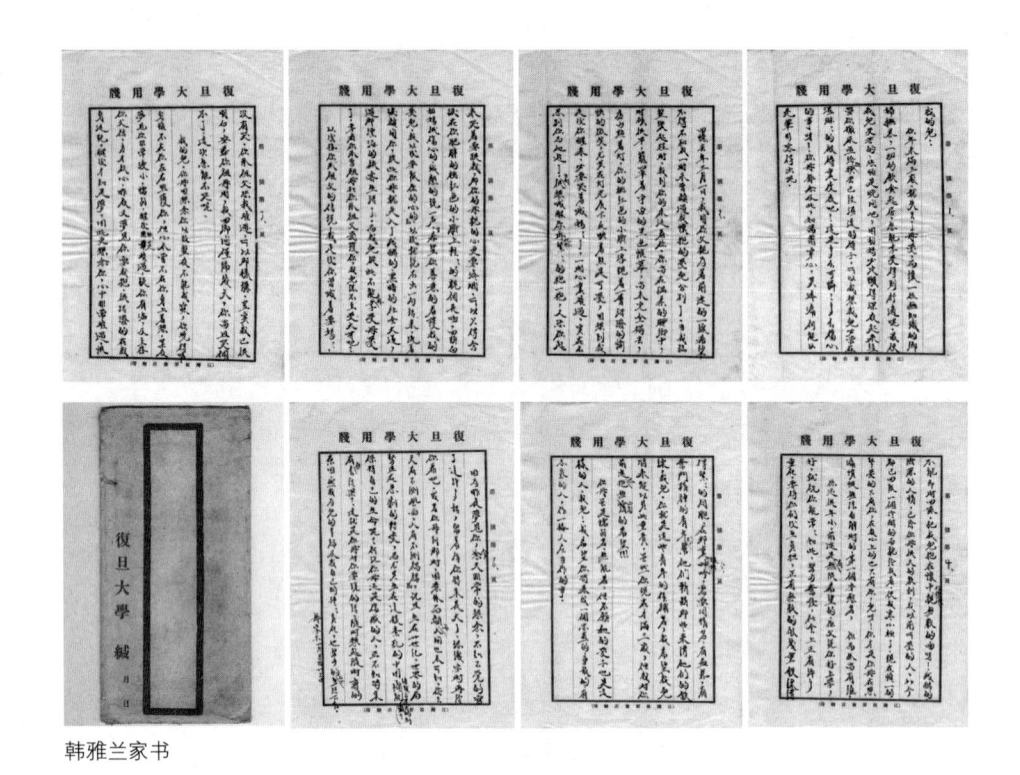

这封家书是一位叫韩雅兰的母亲写给只有三岁的儿子的，虽然儿子还不识字，暂时看不懂，但韩雅兰还是洋洋洒洒写了7页信纸，长达1400字，把一位年轻母亲对于儿子的爱、不舍和希望写得淋漓尽致。信中，母亲把儿子当作倾诉对象，社会动荡，人心难测，儿子是她最大的安慰。她希望儿子将来努力学习，有血性、有同情心、有奋斗精神，勇于承担社会责任，去挽救劳苦大众，而这正是一名共产党人的初心。

韩雅兰出生在一个追求进步、条件优越的家庭。她的父亲韩望尘（1888—1971），早年参加同盟会。辛亥革命期间，参加陕西反清革命活动。1913年东渡日本留学，1916年回国，参加反对袁世凯和北洋军阀的斗争。1918年参加陕西靖国军，与杨虎城结成莫逆之交。1930年，杨虎城率十七路军回陕主政，韩望尘由杨虎城推荐，任南京政府财政部直辖的陕西省印花烟酒税局局长、西安绥靖公署参议等职。西安事变期间，他支持张学良、杨虎城义举，响应中国共产党对西安事变和平解决的号召。西安事变后，他参与处理善后事宜，出任《西北文化日报》总社长，宣传抗日救亡活动。

受进步思想的影响，韩雅兰和弟媳杨玉珊都于大革命期间加入中国共产党。1936年底，她瞒着父母去延安，后来上了中国人民抗日军事政治大学（简称"抗大"）。1937年4月18日，她给父母写了一封信，详细讲述了自己去延安的缘由，并介绍延安抗大的情况以便让父母谅解、放心。韩雅兰早年入党，长期受党的教育，树立了为民族解放谋出路、为大多数人谋幸福的崇高信仰。她瞒着父母到抗大读书，"要为改造不合理的社会而奋斗，为后来女子求幸福，也要和男人一样为国家民族求解放，作一点有意义的事业"。可惜，天不假年，她在西安从事抗日救亡斗争时不幸患病去世，年仅38岁。

几年之后，韩雅兰唯一的儿子韩蒲沿着母亲的足迹，从北平赴华北解放区进入华北联大、华北大学学习，走上了革命的道路。2010年，韩蒲把这两封珍藏了70多年的家书捐给了中国人民大学家书博物馆，现在该馆长期展出。

韩雅兰与父亲韩望尘合影，20世纪30年代初摄于上海

韩雅兰、王圣域和儿子韩蒲合影，20世纪30年代初摄于西安

韩雅兰等陕西妇女界代表与丁玲（着军装）合影，抗战初期摄于西安

事无大小，都有它的道理的
——1933年6月16日阮啸仙致儿子阮乃纲（节选）

阮啸仙（1897—1935），原名熙朝，号瑞宗，广东河源人。中国共产党最早一批党员之一，青年团创立初期杰出的领导者。大革命时期，协助毛泽东、彭湃等开办广州农民讲习所，领导农民运动。先后出席党的三大、五大和六大，1929年任中央审计处处长，1934年任中央审计委员会主任，被誉为"苏区经济卫士"，是人民审计制度的创建者和奠基人。

爱儿：

....

你不是要我买什么书给你吗？我本来是很穷的，现在更穷上加穷，变成一顿找来一顿吃，有了今天明日愁，就由得明日忧了，连今写信给你的邮票，都费了很大力量得来的呢。说起来，恐怕有些人不大相信吧。其实这些年头，这些事，这些人多着咧。

爱儿：我希望你好好的读书，放学回来或暇日要助家做一些日常应做的事，譬如弄饭煮菜等事。……煮饭虽小，但含有许多道理科学作用，不过"前人种竹，后人享福"，见惯不怪，以为无希奇被人忽略过去了。总之，一事虽小，增长的见识就不少。古人说：问〔闻〕君一晚话，胜读十年书，这是经验之谈也。望你从实际上去学习。

....

爱儿！你想学好，你应该向你眼前的事情去学，事无大小，都有它的道理的。想见识多，有本事能耐，不必向上海或国外花花世界去学，随时随地随事都是书本，都有够学的道理在，哪怕是烧火煮饭的小事，你想知道火是什么东西？从何而来？它对于人群社会有何益处？有何害处？如何用之才有益而无害？那就够你想了。

今晚因为下雨，未有伞又未有雨鞋，不能往外边跑，抽暇写这封信给你，望你给我回信！……

父字
六月十六日晚上十二时

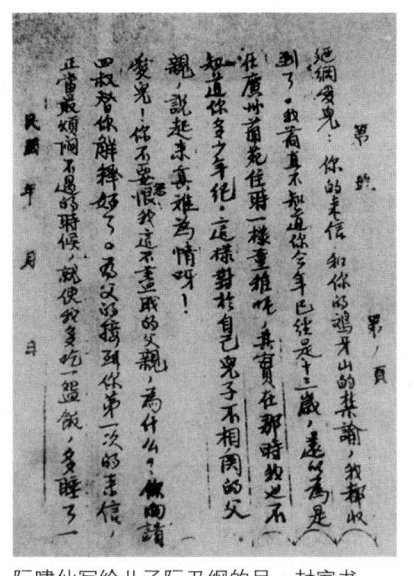

阮啸仙写给儿子阮乃纲的另一封家书

这是 1933 年 6 月阮啸仙在上海给 13 岁的儿子阮乃纲写的一封家书，教育儿子要好好读书，不要局限于书本，要从"弄饭煮菜"这样的日常小事做起，学习做人做事的道理，增长见识，提高应对复杂问题的本领。信中也透露出作者当时经济困难，"现在更穷上加穷"，以至于吃饭都成了问题，常常是有上顿没下顿，连买邮票的钱都没有。阮啸仙当时已是中央审计处处长，可谓位高权重，却仍如此清廉。

1933 年 11 月，阮啸仙受党中央派遣从上海辗转来到江西中央苏区，不久当选为苏维埃中央执行委员会委员、中央审计委员会主任。他组织起草了中央苏区第一部完整的审计法律文献《中华苏维埃共和国中央政府执行委员会审计条例》，制定了一系列与审计工作相关的法律法规，建立和健全了预决算制度和会计制度。例如，对审计人员制定了"六不准"工作纪律，即不准偏听偏信，不准弄虚作假，不准漏查和作不精确统计，不准徇私用情，不准吃馆子或吃公饭、外出审查一律自带干粮，不准收受被审人员任何物品。他在中央苏区掀起审计风暴，查处腐败分子，有效遏制了贪污浪费和官僚主义作风的蔓延，维护了苏维埃政府的廉洁。

1934年10月，中央红军主力长征，阮啸仙奉命留在赣南坚持斗争。1935年3月，阮啸仙率领赣南省委机关部队突围时壮烈牺牲，时年38岁。

阮啸仙（右一）与青年团广东区委同志合影，摄于1923年

阮啸仙工作照

不要忘记你的母亲
是为国而牺牲的
——1936年8月2日赵一曼致儿子陈掖贤

赵一曼（1905—1936），字淑宁，原名李坤泰，又名李一超，四川宜宾人。1923年加入中国社会主义青年团，1926年加入中国共产党。1926年11月考取武汉中央军事政治学校（即黄埔军校武汉分校）。1927年辗转到上海。9月，由党组织派往苏联莫斯科中山大学学习。1928年4月，经党组织批准，与校友、中共党员陈达邦结婚。同年10月回国。1932年春，到东北从事秘密抗日活动。1934年7月，任珠河中心县委委员，开展游击区工作。1935年秋，任东北人民革命军第三军第二团政治部主任，领导抗日武装斗争。1935年11月，在战斗中受伤被俘，被押解到哈尔滨。1936年8月2日，英勇就义，年仅31岁。

宁儿[1]:

　　母亲对于你没有能尽到教育的责任,实在是遗憾的事情。

　　母亲因为坚决地做了反满抗日的斗争,今天已经到了牺牲的前夕了。

　　母亲和你在生前是永久没有再见的机会了。希望你,宁儿啊,赶快成人来安慰你地下的母亲!我最亲爱的孩子啊!母亲不用千言万语来教育你,就用实行来教育你。

　　在你长大成人之后,希望你不要忘记你的母亲是为国而牺牲的!

一九三六年八月二日
你的母亲赵一曼于车中

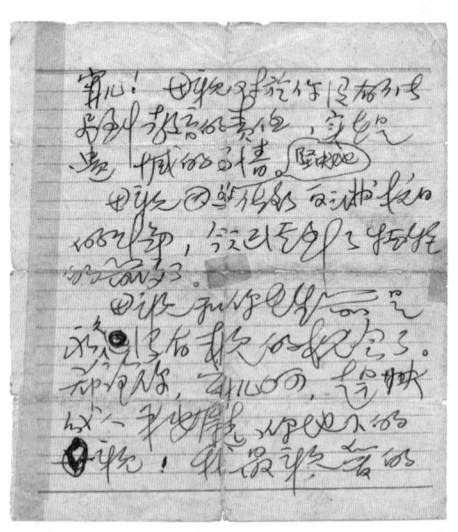

陈掖贤于20世纪50年代抄写的母亲家书

注释

1　宁儿:赵一曼的儿子陈掖贤。

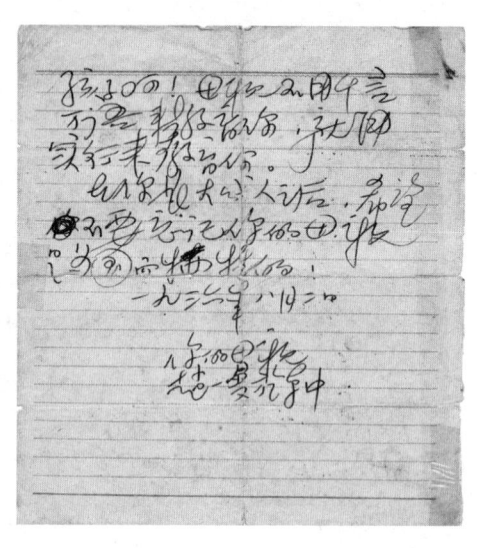

赵一曼既是一位令敌人闻风丧胆的女英雄，同时也是一位善良的母亲。在被日寇押赴刑场的途中，她给儿子写下的两封遗书，成为共产党员红色家书的代表作。

赵一曼受伤被俘后被带到哈尔滨，日寇使用各种酷刑摧残她，但她始终不渝，毫不动摇。敌人在无计可施的情况下，最终决定把赵一曼押解到她曾战斗过的珠河县（今黑龙江省尚志市）处死。1936年8月2日，在押送途中，赵一曼感到死亡迫近，希望给她7岁的儿子写一封遗书，就从负责押送的人员处借了笔和纸，写下"反满抗日"的遗书。

此时，赵一曼希望这封遗书能转到宁儿的手里，表达她作为母亲的遗憾和对儿子的希望。然而，她也清楚地意识到，首先看到这封遗书的是将要杀害自己的敌人，这些残酷而暂时强大的敌人，也许会拿着她的遗书，去寻找和迫害她的宁儿，于是，她拿起笔，又写了一封与她被捕后编造的假口供一致的遗书，看起来好像是余言未尽有所补

赵一曼与宁儿合影，1930年4月摄于上海

充。这封遗书不长，全文如下：

亲爱的我的可怜的孩子：

　　母亲到东北来找职业，今天这样不幸的最后，谁又能知道呢？

　　母亲的死不足惜，可怜的是我的孩子，没有能给我担任教育的人。母亲死后，我的孩子要代替母亲继续斗争，自己壮大成长，来安慰九泉之下的母亲！你的父亲到东北来死在东北，母亲也步着他的后尘。我的孩子，亲爱的可怜的我的孩子啊！

　　母亲也没有可说的话了，我的孩子要好好学习，就是母亲最后的一线希望。

一九三六年八月二日
在临死前的你的母亲

写完遗书后不久，赵一曼在珠河县小北门外英勇就义，时年 31 岁。1950 年，长春电影制片厂摄制的电影《赵一曼》在全国热映，女英雄赵一曼的名字家喻户晓。观众中也有赵一曼的丈夫陈达邦和儿子陈掖贤，可是他们并不知道赵一曼是自己的亲人。直到 1957 年，在赵一曼家人多方寻找和她当年战友的帮助下，才最终核实了烈士赵一曼的身份。于是，陈达邦带着儿子陈掖贤踏上了开往黑龙江的列车，在东北烈士纪念馆，他们参观了赵一曼烈士的事迹展览。看到母亲被敌人残酷折磨，陈掖贤悲痛不已，用钢笔把母亲写给他的第一封遗书抄在了笔记本上。他要永远

陈掖贤，摄于 1955 年

记住母亲的叮嘱,好好学习,长大后报效祖国。如今,陈掖贤已去世。1957年他手抄的家书,传到了他的女儿、赵一曼的孙女陈红的手上。

在赵一曼的故乡四川宜宾建有赵一曼纪念馆,她的家书和英雄事迹被广为传颂,感动了一代又一代人。2009年,赵一曼被评为"100位为新中国成立作出突出贡献的英雄模范人物"之一。2015年9月11日,习近平总书记在主持十八届中央政治局第二十六次集体学习时,深情朗读了赵一曼这两封家书的主要内容,然后指出:"这些革命烈士的家书是进行理想信念教育最生动、最有说服力的教材,应该编辑成册,发给广大党员、干部,大家都经常读一读、想一想。"

陈红一家人与奶奶和父亲的画像合影,摄于2018年

你要踏上民族解放战争的最前线
——1939年6月4日王雨亭致儿子王唯真

王雨亭（1892—1967），福建泉州人。1908年赴马来西亚谋生，早年加入同盟会。1932年，与著名侨领庄希泉一起在菲律宾创办《前驱日报》，并担任总编辑。1938年加入中国共产党，1946年加入中国民主同盟，1949年到北京参加中国人民政治协商会议筹备会。中华人民共和国成立后，曾任全国侨联秘书长、第一至四届全国政协委员等职。

真儿：

　　这是个大时代，你要踏上民族解放战争的最前线，我当然要助成你的志愿，决不能因为"舐犊之爱"而掩没了我们的民族意识。

　　别矣，真儿！但愿你虚心学习，勿忘我平时所教训你的"有恒[1]七分，达观三分"，锻炼你的体魄，充实你的学问，造就一个强健而又智慧的现代青年，来为新中国而努力奋斗！

中华民国廿八年六月四日写于香港旅次[2]

王雨亭

王雨亭给王唯真的家书

注释

1　有恒：有恒心，坚持不懈。《论语·述而》："善人，吾不得而见之矣；得见有恒者，斯可矣。"
2　旅次：旅途中暂住的地方。

1937年七七事变爆发后，全国抗日救亡运动不断高涨，旅居海外的华侨纷纷毁家纾难，踏上归国的路程。旅居菲律宾的华侨王雨亭受廖承志和成仿吾委托，先后介绍上百名华侨青年回国，到延安陕北公学和抗日军政大学学习。1938年10月，王雨亭送自己年仅15岁的儿子王唯真回国参加抗战，途经香港和儿子分手的时候，在儿子的小笔记本上留下了自己的临别赠言。短短的几句话，舐犊情深，一位父亲对儿子的期望，以及对祖国和民族的热爱跃然纸上。

1939年8月，王唯真到达西安，被安排在安吴堡青训班学习。1940年10月，作为延安青年剧团唯一的华侨青年，王唯真加入了中国共产党。1941年8月，因有绘画才能，王唯真被推荐到延安《解放日报》画战争形势图。一个偶然的机会，王唯真展露出英语方面的才能，从而被调到新华社工作，先后担任英文翻译和广播科国际新闻

王唯真与家人在延安

编辑。

　　1949年北平解放，王雨亭陪同陈嘉庚从香港赴京参加筹备第一届全国政治协商会议，父子在京重逢，格外高兴。当王唯真把10年前的临别赠言拿给父亲看时，王雨亭感慨地说："唯真，当年你选择奔赴延安的路走对了！"此后王唯真长期在新华社工作，曾任新华社第一副社长、代理社长、新华社党组纪检组副组长等。

能多做事即心安

——1950年1月21日谢觉哉致儿子谢子谷、谢廉伯

谢觉哉

谢觉哉（1884—1971），原名谢维鋆，字焕南，别号觉哉。湖南省宁乡县人。"延安五老"之一，著名学者、教育家、社会活动家，人民司法制度的奠基者。1905年考中秀才，后曾在湖南省立第一师范学校任教。1919年参加五四运动，1921年加入新民学会，1925年加入中国共产党。1934年参加长征。延安时期曾任陕甘宁边区政府高等法院院长、中共中央党校副校长等职。中华人民共和国成立后，曾任内务部部长、最高人民法院院长、全国政协副主席等职。

子谷、廉伯[1]：

儿子要看父亲，父亲也想看看儿子，是人情之常。

刻下你们很穷，北方是荒年，饿死人，你们筹措路费不易，到这里，我又要替你们搞住的吃的。也是件麻烦事。如你们还没起身，可以等一下，等到今年秋收后，估计那时候光景会好一些。到那时来看我，是一样的。打听便车是没有的。因为任何人坐车，都要买票。

你们会说我这个官是"焦官[2]"。是的，"官"而不"焦"，天下大乱，"官"而"焦"了，转"乱"为安。有诗一首：

你们说我做大官，

我官好比周老官[3]（奇才大老官）；

起得早来眠得晚，

能多做事即心安。

问你〈们〉母亲好。

父字

一月廿一

一九五〇年

注释

1 子谷、廉伯：谢觉哉次子谢子谷、长子谢廉伯。
2 焦官：湖南方言，意思是不挣钱的官。
3 周老官：名叫周奇才，谢觉哉家乡一位勤劳能干的雇农。

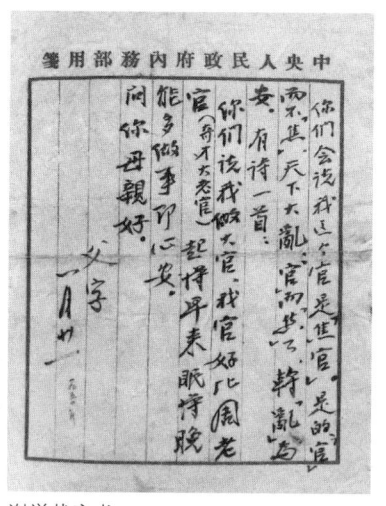

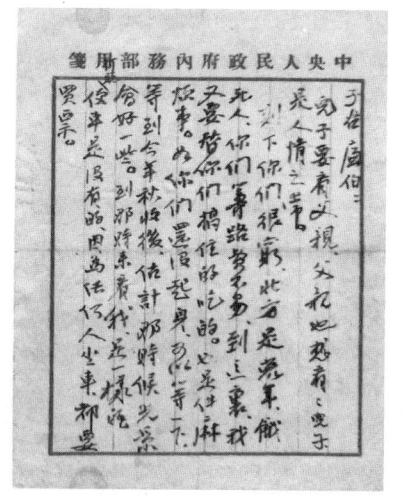

谢觉哉家书

这封信写于1950年1月21日。中华人民共和国成立不久，部分地区还没有解放，国家财政非常紧张。担任内务部部长的谢觉哉在信中明确拒绝两个儿子来京的请求，称自己为"焦官"。那时，中华人民共和国成立伊始，政府工作人员还很缺少，在这样的情况下，给儿子安排一份工作是很容易的事，但谢觉哉没有满足儿子的要求。他对二儿子谢子谷说："全国刚解放，上头下头都要人，你有文化，还是回家乡工作好。"遵照父亲的嘱咐，谢子谷回到老家从事教育工作。后来，在家务农的大儿子谢廉伯也提出参加工作的要求，谢觉哉给了一个明确的答复："种田人还是要的。"

谢觉哉的一个妹夫也曾写信要求帮忙安排工作，谢觉哉始终没有答应。后来，妹夫又当面提出请求，谢觉哉幽默地说："要我安排你的工作，除非我回家当老百姓，你来当部长。"

"为党献身常汲汲，与民谋利更孜孜"，这是延安时期人们向谢觉哉祝寿时赠送他的诗句，也是谢觉哉革命一生的真实写照。谢觉哉不谋私利，不图虚名，廉洁奉公，艰苦朴素，数十年如一日，甘做人民的公仆。他常常对子女说："我是共产党人，你们是共产党人的子女，不许有特权思想。"

谢觉哉的儿孙们，摄于 1950 年

谢觉哉、王定国夫妇回家乡宁乡与儿女们合影，摄于 1957 年

组织就是你的家
——1952年10月17日安静致女儿胡又环

安静（1912—1953），河北唐山人。武昌艺专（今湖北美术学院）毕业。1931年加入中国共产党。1932年9月任中共武汉特委艺专支部及艺专共青团支部负责人，从事恢复和发展党的组织，指导学生运动的工作。抗战初期在武汉抗日妇女战时工作团工作。武汉沦陷后，到豫鄂边区抗战工作委员会政治指导部任教导队队长，负责组织抗日进步青年。以后一直从事党的地下工作。1949年5月在武汉军管会联络处工作。中华人民共和国成立后，任武汉二女中校长、武汉工农速成中学校长兼党委书记。1953年不幸病逝，年仅41岁。

又环儿：

　　你的信，早就收到了，因为事情太多，一直没有抽出时间来给你回信。想你一定早就盼望我的回信了吧？

　　听说你是在长春学习，远是远了点，可是为了根据工作的需要，也只有听从组织调配，否则就不能算完全服从组织分配了。组织性是完成革命工作的先决条件，也只有放弃个人打算才能树立组织观点。又环！我希望你一心一意为革命前途着想，全心全意的学习。不要想家，那里的组织就是你的家，我们的"家"也就是组织的一个成份，我们没有什么私有财产，一切都是组织的。你的爸爸妈妈也是组织的，这样你就可以体会组织对你的亲密关系了，就不会再像第一次离家那样的孩子气了。又环！你说对吗？我想不会错的。事实上你也跟那时候不同了，因为你今天已经是党的后备军了，努力学习吧，党在需要你。

　　我的身体最近又不大好，这是不堪想象的事，希望你多多注意健康，健康是革命的本钱，记住，不要忘了，你的胃不好，要注意饮食，千万千万希望你健康！

安静
十月十七日

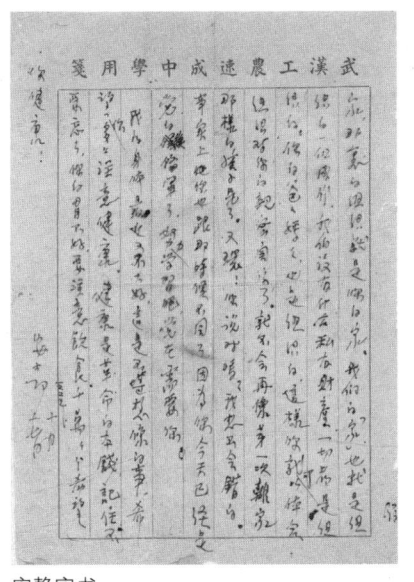

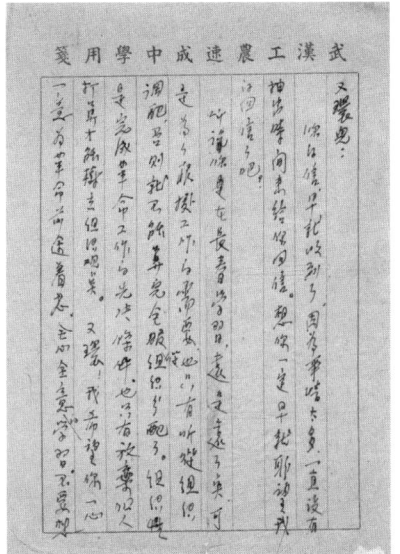

安静家书

  安静和丈夫胡进吾（1901—2001）都是早年入党的老革命，经历过国共内战、抗日战争和长期地下斗争的洗礼，一生对党忠心耿耿，踏实工作。他们的女儿胡又环13岁就参加了革命，解放初期先后在长春、北京学习和工作。这封家书是安静写给在长春学习的女儿的，主要讲了个人和组织的关系，教育女儿服从组织分配，不要想家，告诉她"那里的组织就是你的家"。

  以党为家，时刻想到自己是党的人，这是党的纪律要求，也是党员应该拥有的组织观念。"你的爸爸妈妈也是组织的，这样你就可以体会组织对你的亲密关系了"，作者言简意赅、生动形象地说明了个人与组织的关系，紧接着又写道："又环！你说对吗？"从这句温情款款的话语中可以见出一位母亲的生活智慧，她对女儿不是说教，而是像朋友之间谈心一样，循循善诱。同时，安静也非常关心女儿的身体健康，强调"健康是革命的本钱"，提醒女儿"记住，不要忘了，你的胃不好，要注意饮食"。作为党的后备军，保持健康的体魄，才能更好地为党工作，这番叮嘱彰显了一名老党员在子女教育方面的思想境界。

  这封家书既展现了一名老党员很高的政治觉悟和站位，又焕发出伟大的母爱光辉，读后让人心生敬意。

收信人胡又环，1936年5月生于湖北武昌，1949年3月入伍参加革命，先后在江汉解放区江汉公学、湖北军区司令部机训队、湖北军区孝感军分区文工团、孝感地委工作队、武汉二女中等单位学习和工作。1952年9月至1953年6月，在中央军委机要青年干部学校、中央机要局北京香山青训队学习。1953年7月至1959年8月，任政务院（国务院前身）办公厅机要处译电员、中央二机部机要处译电员。1956年3月加入中国共产党。1959年9月至1964年8月，在北京大学中文系学习。1964年9月至1972年10月，任中共北京市委《前线》杂志编辑部编辑。1972年10月至1979年3月，任中国科学院力学所宣传组干事。1979年3月至1992年7月，在中国人民大学清史研究所任教，副教授。1990年2月，受聘为中国科技大学研究生院管理学部客座教授。1992年7月离休。

胡又环，1952年底摄于长春

胡进吾、安静夫妇（中坐者）与子女（后排右为胡又环）合影

做党外的积极分子最重要

——1953 年 9 月 28 日徐特立致女儿徐静涵

徐特立（1877—1968），又名徐立华，原名懋恂，字师陶，湖南省善化县（今长沙县江背镇）人。1911 年参加辛亥革命，1919 年赴法国勤工俭学。1927 年加入中国共产党，参加南昌起义。1931 年 11 月当选为中华苏维埃共和国中央执行委员。1934 年参加长征，后任陕甘宁边区政府教育厅厅长。抗战期间曾任延安自然科学院（北京理工大学前身）院长。1945 年党的七大上当选为中央委员。中华人民共和国成立后，担任中央人民政府委员会委员、中共中央宣传部副部长等职。

守珍[1]吾儿：

　　来信收到，知道你们夫妇已经解决了失业问题，希望你们努力工作，并关心其他失业的人们。你们虽然还不是共产主义者，不过是组织问题，首要的还是思想问题和行动问题，在这一方面做到了，不一定要加入组织，做党外的积极分子最重要。我是五十一岁才加入党。我没有入党的要求，自以为资格不够，只是努力工作。在大革命失败后，有些动摇分子退出党，我党的负责人以我够党外的党员，于是才有人介绍我入党。我希望你们每一日每一时都不要只为自己着想，上半晚想自己的困难，下半晚一定要想群众的困难，以及政府的困难，机关负责人的困难。这样去做人，自己的个人苦恼没有了，胸怀开展了，就不知不觉变成了一个前进分子，甚至成了一个非党的本质上无异于党员的积极分子。你们两人都是劳动者，没有家累，不必愁身后问题，比起我更自由。我实在忙，没有时间写信，希望你们尊重我在百忙中写的信。我在上海会见你们后，我也相信你们，爱护你们，由于相信就希望你们跟着我走，成为我们党外的同志！

特立
一九五三年九月二十八日

注释

1　守珍：徐静涵，徐特立的女儿。

徐特立早年致力于教育救国,是著名的革命家和教育家。1912年,徐特立创办长沙县立师范(长沙师范学校前身)。1919—1924年,远赴法国勤工俭学,并考察了比利时和德国的教育。1924年夏回

1945年,毛泽东与党的七大代表徐特立在一起

到长沙,创办长沙女子师范(1926年并入长沙县立师范),担任校长,同时兼任湖南省立第一女子师范(即稻田师范)校长。他是毛泽东、李维汉、许光达和田汉的老师,是"延安五老"之一。1927年,在中国革命处于低潮的时候,他以50岁高龄加入中国共产党,同年8月参加南昌起义。1934年以近六旬的年纪参加长征。1937年1月,徐特立60岁寿辰,毛泽东写信祝贺,称"你是我二十年前的先生,你现在仍然是我的先生,你将来必定还是我的先生",并称赞他是"革命第一,工作第一,他人第一"。

徐特立在写给女儿的家书中,重点谈了积极进步与是否入党的问题。他认为,一个人只要在思想上入了党,就不再在乎是否在组织上入党了,在各方面严格按照党的要求,努力工作,同样贡献很大。怎样才能做到这一点?那就不要只想着自己,多想群众,一切从群众出发,为群众利益着想,长此以往,思想上就达到了党员的标准。徐特立的这个观点具有很强的现实意义,不仅对党外人士积极争取入党有指导作用,而且对于党员也是重要的警醒,即要真正在思想上入党,自觉履行党员的义务,时时处处为群众着想,才能成为一名合格党员。

徐静涵是徐特立的大女儿,1904年出生,1928年参加革命活动时

被捕入狱。此后20多年的时间，父女之间音讯全无，徐特立一度以为大女儿已经不在人世了。1949年7月15日，徐特立收到了徐静涵的来信，才知道她还活着。8月，徐特立回信给女儿，向她介绍了家人的情况，并盼望她将这20多年来的生活、工作、学习情况详细告诉他。在信中，徐特立鼓励女儿入党，并叮嘱，"如果需要我党录用，那么需要比他人更耐苦更努力"。此后，徐特立常常和徐静涵通信，教育女儿女婿关心群众、关心国家。

1949年上海解放后，徐静涵在上海一家食品店当营业员。在1951年的信中，徐特立告诫她要"和劳动群众站在一起"，将劳动群众集体的困难放在第一位。在上面这封信中，徐特立再次希望女儿女婿努力工作，关心需要帮助的人，多想群众的困难，做党外的积极分子最重要。

必须趁此时机
加十倍百倍地努力学习
——1960年2月1日吴玉章致吴本立等孙辈（节选）

吴玉章（1878—1966），原名永珊，字树人，四川荣县人。杰出的无产阶级革命家、教育家、历史学家和语言文字学家，新中国高等教育的开拓者。1906年参加同盟会，1925年加入中国共产党。1938年任鲁迅艺术学院院长、延安大学校长。1948年任华北大学校长。1949年出席中国人民政治协商会议第一届全体会议，参与中华人民共和国的筹建，任中央人民政府委员会委员，出席开国大典。1950—1966年任中国人民大学校长。

本立、本渊、本浔、本蓉[1]好孩子们：

你们的贺年信我收到后知道你们学习的成绩都好，使我非常喜欢。本蓉继续保持三好学生的名称；本浔最差的语文一课，这次期考也得了五分[2]；本渊数学竞赛取得了全班第一；本立的学校1959年高考成绩是北京市第一，特别值得高兴的是你和同学们抱雄心、立大志、赶福建、超福建，要努力学习，成为全面发展的新人。同学们干劲都非常足。你想学尖端科学：原子能、自动化控制……总之什么最难学、什么最需要你就想学哪一门，任何困难你都不怕。这种坚强的意志是很可宝贵的。你决心要加入共产党，学习共产党员的道德品格，作一个红透专深的共产党员。这很好。现在你还是共青团员，到了合格的年龄自然可以入党，主要的是要政治挂帅，要作一个工人阶级知识分子一定要有无产阶级的世界观，即马列主义的世界观。……语文和数学是学校学习时期最基本的两门课，你们四人数学都还好，就是语文差。本立这次的信写得很好，文笔通顺，志愿弘大，尤其可喜的是要作一个好共产党员、又红又专的工人阶级知识分子。党的决议和毛主席的著作是现代最好的文章，在书报上你们已经看见许多文章谈这一问题，你们必须细看和互相帮助学习和讨论。不要多花时间去看小说。两个小弟弟还小一点，理论高一点的书还不能看。大的两个已经十七、八岁了，正是青年蓬勃发展的时期，必须趁此时机加十倍百倍地努力学习。……你说"要青出于兰而胜于兰"，后人要胜过前人，这是马列主义发展学说的真理。你要看上面所说人民大学出版的书281页列宁论马克思的辩证法一段[3]就知道得清楚了。总之由你这次的信看来，你的志气是很好的，但是要虚心学习，不要骄傲自满，对人要和气亲热，走群众路线等等。至于你对我的估价很高。是的，我是有雄心大志的。我很小时自尊心很强。父、兄教导我要作一个顶天立地的有志气的人。七岁上学记忆力和理解力都很好，很受家庭和亲友的钟爱。不幸上学不过三个月父亲[4]就去世了，因家庭怜我幼丧父，留在家中侍奉八十三岁的老祖母，过了三年祖母去世。这三年中受了祖母和母亲许多教育使我决心要作一个好孩子，过了两年我二哥[5]带我到成都尊经书院[6]，他一边学习，一边教我，使我得到非常快的进步。……我很庆幸能在我们伟大的党和最英明的毛主席领导之下学习到许多东西，能作一些工作，能够很好地为人民作点有益的事情来达到我"先天下之忧而忧，后天下之乐而乐"的素愿。我应当作的事情很多：关于历史，特别是关于中国六十年来革命运动史，我有责任把所见所闻和自己亲身经历的事实写出来，党和许多同志都希望我作这一工作，现在还未完成。……我时时觉得对国家、社会贡献太少，而党和政府给我以崇高的地位、优厚的待遇，特别是青年们及我所到的地方的同志们，工农广大群众的欢迎接待，使我深深感激，而不敢不力求进步以报答党和政府及人民对我的厚爱。我并无过人的特长，只是忠诚老实，不自欺欺人，想作一个"以身作则"来教育人的平常人。我是以随时代前进不断改造自己，使不至成为时代落伍的人。我常常觉得自己缺点、错误总不能免，去年九月写了一个座右铭[7]，你们曾经看到，因为用了许多典故，你们不易看懂，待我回北京后和你们细讲。写得太多了，两个小弟弟不易看懂，可请你们妈妈讲解一下。我二月五、六号就动身回四川家乡，把家乡的文改[8]

工作和人民公社试点工作的许多事情亲身去体验学习一下，在实践中来提高自己。我打算四月中回北京，望你们努力学习。

祝你们春节快乐！

你们的祖父 玉章
1960.2.1

注释

1. 本立、本渊、本浔、本蓉：本立即吴本立，吴玉章的孙女，当时在中国科技大学读书。本渊即吴本渊，吴玉章的孙子，当时在哈尔滨军事工程学院读书。本浔即吴本浔，本蓉即吴本蓉，均为吴玉章的孙子，当时在北京上中学。
2. 五分：当时学校采用苏联五分制计分法，五分即优秀成绩。
3. 指中国人民大学出版的《中共八届八中全会学习文件汇编》所载列宁《卡尔·马克思》一文中的"辩证法"一节。
4. 父亲：吴世敏（1837—1885），字时逊，号学斋，四川荣县人，在家务农，农闲读书。
5. 二哥：吴永锟，号紫光，吴玉章读书和革命的领路人。曾就读于成都尊经书院，19岁中秀才。闻戊戌变法失败，悲不自禁，与吴玉章一道在家祭奠。1903年与吴玉章一起赴日留学，后参加同盟会。1913年"二次革命"失败后，自缢而亡。
6. 尊经书院：1874年，在张之洞筹划下筹建，1875年建成，培养了许多爱国志士，是四川近代高等学校源头之一，也是四川大学前身。
7. 座右铭："我志大才疏，心雄手拙。好学问而学问无专长，喜语文而语文不成熟。无枚皋之敏捷，有司马之淹迟。是皆虚心不足，钻研不深之过。年已八一，寡过未能。东隅已失，桑榆非晚。必须痛改前非，力图挽救。戒骄戒躁，毋怠毋荒。"枚皋，西汉文学家，才思敏捷，作文一挥而就。司马相如，西汉文学家，构思迟缓，但作赋精妙。此处自谦，没有枚皋的敏捷，而有司马相如的迟缓。"东隅已失，桑榆非晚"，早年的时光已经逝去，珍惜将来的岁月还为时不晚。
8. 文改：文字改革。吴玉章曾任中国文字改革委员会主任。

吴玉章家书

这封信是吴玉章写给孙女孙子的，长3000余字，内涵丰富，反映了一位老革命家的崇高情怀。当时孩子们在上大学或中学，正是树立人生观、世界观的时候。吴玉章谆谆告诫他们要熟读党的政治理论著作，勉励他们入党后"要作一个好共产党员，又红又专的工人阶级知识分子"，要趁"青年蓬勃发展的时期"，"加十倍百倍地努力学习"。吴玉章还介绍了自己的独生子、出色的水电专家和革命家吴震寰（1901—1949）的生平，接着讲述了自己的革命经历，"父、兄教导我要作一个顶天立地的有志气的人"，并引用了宋代范仲淹的名句"先天下之忧而忧，后天下之乐而乐"，说明自己毕生为人民服务的夙愿。

吴玉章历经戊戌变法、辛亥革命、讨袁战争、北伐战争、抗日战争、解放战争、新中国建设，参加了同盟会、广州黄花岗起义、保路

吴玉章（后右）与家人合影

吴玉章与儿媳及孙辈合影

吴玉章和中国人民大学新同学们在一起，摄于1961年

运动、内江独立、"二次革命"、南昌起义、开国大典等影响中国历史的重大活动，成为跨世纪的革命老人，与董必武、徐特立、谢觉哉、林伯渠一起被尊称为"延安五老"。

1940年1月15日，党中央为了表彰吴玉章的革命功绩，为他举行了六十寿辰庆祝大会。中共中央发了贺词，毛泽东亲临致祝词，称赞他："一个人做点好事并不难，难的是一辈子做好事，不做坏事，一贯地有益于广大群众，一贯地有益于青年，一贯地有益于革命，艰苦奋斗几十年如一日，这才是最难最难的啊！"

爸爸妈妈都没有把你看成是我们的财产

——1964年4月15日张风玄致女儿张新秋(节选)

张风玄(1917—1992),河北省威县人。1937年参加八路军,后加入中国共产党,曾任八路军四军分区二营营长兼教导员、河北广曲抗日政府三区区长。1949年到北京,从事新北京城市建设工作。1958年由国家经济委员会调至天津针织厂任厂长。历任天津市河东区区长、天津工艺美术学院院长等职。

新秋：

　　多年来，家里人都一直认为你是个好孩子，你有许多优点：从思想到生活，从学习到劳动（在社会上）都很朴实，不追求表面的东西，有认真求实的精神；天资比较好，记忆力强，也善于动脑子思考问题，在学习上能钻进去，学的比较活，不是读死书，死读书；和同学的关系好，能团结人，能和多数人合得来；你的身体也比较好，身强力壮，再说还能说几条，但就这些而论，你只要把自己的优点运用的得当，能充分发挥出来，你不但可以学习好，而且将来参加了工作，也一定能为人民办许多好事情。可是，优点、长处不定就向着有利的方向发展，也不一定能取得完好的后果，弄不好它会向相反的方向发展，如不很好的注意和警惕，也可能走到邪路上去。

　　在学校的情况，我不清楚。在家的表现，有一些不像话的东西，是从你的优点中派生的。如你在学校不错了，你就对家里的人，产生了一种轻视的表〈现〉。对自己就放松了约束。不尊重大妈[1]，不愿照顾小妹妹，对小访[2]在〈某些〉方面不是一个十七八岁姐姐应该做的那样。妈妈病了，理应在精神上、在生活上，尽可能的多照顾，但做的也不够。许多表现，和一个高中生、一个十七八岁的女孩子是不相称的。要听爸爸的话，不要看成这是小问题。你将来的前途只有一个，就是"革命"。革命的人，对待一切都必须有一个革命的态度。就家庭的这些事情说，对待大妈，怎样团结好了，让她心情愉快，把家里事情料理好，这样对妈妈的精神有好处，妈妈精神好，病就可能显的轻一些，就会减少我对她的照管，我的工作就可能多做点，做好点……

对小访，不但应在生活上照管她，姐姐照管小妹妹，不能看成是负担，应该看成是义务，特别〈是〉你的具体处境，妈妈病了，不能管小妹妹了，你代替妈妈管起来，是义不容辞的责任，管她的生活、管她的学习，管她在思想上能健康地发展，在你的帮助下，她能成为好的革命接班人，你看，这一些都是和革命和人民的事业，和为人民服务有这么密切的关系。这种关系你认识到了没有？如没有，你已经十七八岁了，是应该认识的时候了。做好这些，是否影响你的学习？不但不会，反而会使你学习的更好，因为从〈实〉践中，你更懂得了学习的真正目的。有了这种思想，一切都会安排好的，所以首先在思想上先解决这个问题。对家务劳动，应该也同样的看成是一种革命锻炼，在思想上建立家庭劳动感情，只要有了正确的认识，正确的感情，工夫、时间，你自己会找出来。

　　好好念高中，准备毕业后考大学，我考虑这个问题不是从自私自利方面想的，并不是我们"家"缺一个大学生，要由你补上，念不念大学，对家没有什么关系，丝毫不需要你光荣〔宗〕耀祖……。这样想，就正确了，念书的劲头也就大了。当然，国〈家〉需要干别的，我们还是服从国家需要。爸爸妈妈都没有把你看成是我们的财产，我想的会比你想〈的〉更周到，因为你还很小。

　　你要特别关系〔心〕妈妈的病，牺牲两节课送妈妈看看门诊是可以的，不会影响你多少学习。

爸爸
4.15.

张风玄家书

张风玄和女儿张新秋，摄于1953年

注释

1 大妈：指家里的保姆。
2 小访：张风玄的二女儿，张新秋的妹妹张访秋。

张风玄耿直刚烈，廉洁公正，嫉恶如仇。他对家庭有着极强的责任心，深爱着自己的妻子和孩子。他在遗书中嘱托"不向遗体告别，不送花圈，不惊动亲友及交往颇深的老同志"，要求家人把他的骨灰"撒在现在邢台地区威广一带"，那是他在战争年代工作过的地方。

收信人张新秋是张风玄的长女，1948年8月出生于河北省威县，在北京上小学，后在天津市女一中学习。1969年下乡。1972年进入天津教师进修学院学习，毕业后在天津市第32中学任教，2004年退休。

对女儿，张风玄既是严父，又是慈母。因妻子有病，他对子女的生活照顾得无微不至。做饭、洗衣，甚至连女儿的小辫也由他来梳。20世纪60年代初，张新秋在天津市女一中读书，白天在学校学习，晚上回家住，成绩十分优秀，在校表现很好，但由于家有保姆，她回到家中就不大干家务。针对女儿的缺点，张风玄常常写信，教导女儿要做一个表里如一的人、一个真实的人。在父亲的帮助下，张新秋改正了缺点，真正做到了品学兼优。

多年来，张新秋保存着父亲写给她的5封家书，此处所选是其中

张风玄夫妇和女儿张新秋，摄于1953年

一封。她曾说：

　　父亲虽离我们而去，但他留给我的家书却永远是鞭策、激励我成长的座右铭。如今，我也年过半百，退休在家了。经过这半个世纪的风风雨雨，我真切地体会到了父亲世界观、人生观、价值观的正确性。如今，我常常以父亲的精神和思想教育我的儿女，告诫他们要成为有理想、有追求、有责任心、有奋斗精神的人，要襟怀坦白、无私无畏，要热爱生活、健康活泼，成为对社会、对国家和人民有用的人。（张新秋：《一位父亲给17岁女儿的赠言》，载《红色家书》，中国画报出版社2006年版）

张风玄（前排左一）与战友合影，摄于1947年

张风玄（后排左三）在邯郸和战友们合影，解放前夕

革命老前辈这条革命道路走的实在不容易
——1964年4月25日戴流致儿子张昭兴

戴流（1921—2015），1938年参加八路军，1939年6月加入中国共产党。1955年转业到外贸部人事局，后调入中国轻工业品进出口总公司工作。1984年离休，2015年去世，享年94岁。

昭兴：

　　我于上月卅一日动身回老家，在路上走了六天才到。到家后奶奶很高兴。关于爸爸病故的事情，奶奶到现在还不知道，我们一共住了五天五夜，回京那天早晨奶奶哭起来了。对她老人家也实在没办法，我本来打算说服她来北京让她过几天好日子，我们也可以多尽一些责任，可是她怕死在外边，怎么也不同意。

　　回到瑞金参观了一天，看到"中央苏维埃政府所在地""党的第一次、第二次党代表大会的会址"[1]"红军烈士纪念塔"。在瑞金又遇到爸爸的一些老战友再三邀请我们去一趟井冈山，结果我们又用了两天的时间参观了井冈山"毛主席的故居"，也看到"井冈山五大哨所的险要地形""井冈山革命博物馆"。回到南昌又住了一天参观了"八一纪念馆"，并将爸爸的照片、简历、悼词、遗物送到革命烈士纪念堂。

　　我这次回家，除将奶奶的生活照顾、抚恤作了妥善的安排以外，参观了几个地方，受到了很多教育：1. 更具体而又生动的体会到革命老前辈这条革命道路走的实在不容易，使我们认识到更要珍惜我们今天的幸福生活，更要加倍的努力保卫我们已得的革命果实，而且继承他们的顽强精神将社会主义革命进行到底。2. 江西革命老根据地在革命的历史上付出了血的代价，这一笔血的仇恨到什么时候都不能忘记。就我们的家乡下洲坝也不过二三十户人家，参加红军的四十三人，解放后活着回来的只有三人（包括你的爸爸）。整个江西，据目前调查，有名有姓被国民党杀害的就有廿五万多人，另外小孩子、妇女，找不清姓名的就无法统计。井冈山的农民几乎都被国民党斩尽杀绝了，少数的逃亡到外省去因为当时国民党的口号是"草要过火，石头要过刀，人要换种""宁杀错三千，也不放过一个"。一直到现在江西南部人口还不很兴旺。3. 我这次回家，江西军区、省委、地委、县、社各级政府对我们照顾的无微不至，非常亲切、热情，使我深深感受到革命大家庭的温暖。如果不是组织关怀照顾，我这样拖儿带女的回家实在不容易，同时也给我带来了很大鼓舞。昭兴，我们今后更要加倍努力作好工作。

到井冈山上，看到毛主席的故居（是五七年按原样修复的）。国民党进占井冈山后给烧掉了，只剩下一堵墙，好心的群众怀念红军，将这堵墙用草和树皮盖起来保存下来了。我们照原样修盖时，将这堵墙留下和新墙接在一起，现在看起来很清楚。房子外边有两棵常青树，一棵叫海罗栅〔杉〕[2]，一棵叫凿树[3]，当白匪烧房子时，将这两棵树烤的一直不再发芽长叶了，直到我们将房子修复后，经过修理灌溉，这两棵树又长的很茂盛了。因而群众传说，这两棵树是有气节的，在白匪的统治下它也不屈辱而生。现将海罗栅〔杉〕的叶子寄给你两片，留作纪念。

详细情况以后再写信慢慢告诉你。

你最近情况如何，希速回信。

祝

你和你的战友们好

代〔戴〕流

25/4

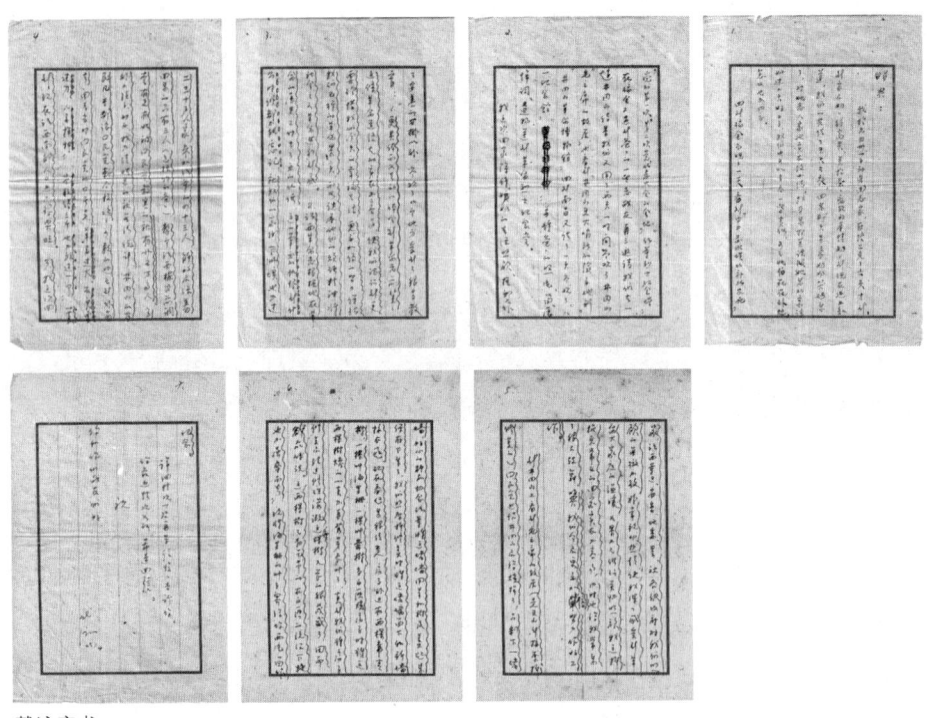

戴流家书

戴流的丈夫张雄（1908—1963），原名张德仁，又名张冠英，江西省瑞金县人。1930年参加红军，同年加入中国共产党。土地革命战争时期，曾任红一军团司令部第四科科长，参加了长征。抗日战争时期，任八路军115师司令部第一科科长、抗大一分校政治委员兼政治部主任等。解放战争时期，任鲁南军区第一军分区司令员，山东军区第十师政治委员，鲁中南军区政治部主任，第三野战军35军副政治委员。1949年后，任华东军区海军第七舰队政治委员，海军舟山基地政治委员，海军干部部部长，海军政治部副主任兼干部部部长。1955年

注释

1　此处应为中华苏维埃第一次、第二次全国代表大会会址。
2　海罗杉：学名南方红豆杉。
3　凿树：学名柞木。

被授予少将军衔。

1963年8月，张雄因肝硬化腹水住院。在病危之际，他嘱托妻子戴流三件事："要做好工作；带好孩子；照顾好老太太。"戴流把丈夫的遗嘱铭记在心。

丈夫去世后第二年，1964年春，为了安排婆母的生活，戴流带着一个儿子和一个女儿回老家江西瑞金下州坝探亲。戴流到家后，地方各级政府很关心，乡亲们也都很热情。组织上对她的行程作了周密的安排，带她参观了不少地方，使她受到很大教育和鼓舞。

从江西老家返回北京后，戴流给正在青岛当兵的长子张昭兴写下了这封语重心长的信，讲述自己回老家的感受，教育儿子要继承父辈遗志，脚踏实地地工作，把革命事业进行到底。

戴流重点参观的瑞金是当年中央苏区所在地，井冈山是红军的摇篮，两个地方都是中国革命史上重要的纪念地。在中国革命处于低潮的困难时期，党和红军紧紧依靠人民群众，建立根据地，打败了敌人的一次次"围剿"，艰难地生存下来。根据地的人民付出了巨大的牺牲，才为中国革命保留了种子。戴流从亲身踏访中体会到这一点，因此对

戴流与三个孩子合影，左一张昭兴，左二大妹张昭馥，左三戴流怀抱大弟张昭强。1949年春准备南下时摄于徐州

新中国的幸福生活倍加珍惜。她把这些感受和认识告诉孩子们，希望孩子们永远记住先烈，记住那段血与火的岁月，自觉树立为共产主义事业献身的崇高理想，继承先辈遗志，把社会主义国家建设好。

对于"带好孩子"，戴流的理解不只是让孩子吃饱穿暖，更重要的是抓好思想教育，要帮助孩子树立远大的理想，培育健康的品格，真正做一个对国家、对人民、对社会有用的人。

张雄、戴流全家福，右侧站立者为长子张昭兴，1955年摄于北京

张雄在世时最后一张全家合影，1961年摄于北京

一辈子为人民服务
——1969年12月4日滕代远致儿子滕久明（节选）

滕代远（1904—1974），湖南麻阳县人，苗族。1925年加入中国共产党。1928年7月与彭德怀、黄公略等发动和领导平江起义，是湘鄂赣革命根据地的创建人之一。同年12月率部队到达井冈山，与毛泽东、朱德领导的红四军会师，是井冈山革命根据地的创始人之一。1934年夏赴莫斯科参加共产国际第七次代表大会。抗日战争时期历任中央军委参谋长、八路军参谋长、中共北方局常委等职。解放战争时期任华北军区副司令员、中共中央华北局常委。中华人民共和国成立后，长期担任铁道部部长。1964年12月至1974年任全国政协副主席。

久明儿：

你十一月二十七日航信[1]，我们看到了，很高兴。来信对我们这次南下的看法，一般是对的。……

现在住此地，比杭州还好，汽〔气〕候较温，空气新鲜，边学习，边医疗，边休息。我这次的高血压又比一九五八年时升高了，低血压为一百四十，高血压为二百三十。服药和荸荠水后，又有下降。你妈的病也在就医。

你的工作，我是知道重要的。党和毛主席是很重视的，是很感兴趣的。于一九三一年元月元旦，粉碎敌人第一次"围剿"[2]，缴获电台和报务人员后，由毛主席亲自工作，建立了红军的电台和对空的工作，在延安才扩大对国际方面，首先对日寇方面的天空侦察工作。望你坚持天天读毛主席著作和指示。天天熟读外文。专心研究技术。要大大增加工作的兴趣，这是为中国革命和世界革命的贡献！要无限忠于毛主席，无限忠于毛泽东思想，无限忠于毛主席的无产阶级革命路线！要当一辈子的革命战士！当一辈子的无名英雄！也就是一辈子为人民服务！

利儿[3]返回内蒙总场，现在呆着，没事干。我向有关去信，要求允予参军或参加农垦兵团[4]，因尚没有得到回信，不知结果如何。耕儿[5]来信，他和政指两人被选为参加党（团）代会代表。久光[6]来信工作尚没有分配，不知内情。

父、母字
1969年12月4日

滕代远家书

滕代远有5个儿子，长子久翔、二子久光、三子久明、四子久耕、五子久昕，除长子外，其他4个儿子先后都参军。滕代远对孩子的要求非常严格，从不让他们以干部子弟自居，更不许搞特殊化。

滕久明，滕代远三子，1945年5月10日生于山西省左权县麻田镇。1964年夏，滕久明高中毕业，正准备参加高考。一天傍晚，滕代远在海边散步，秘书见他与妻子谈孩子高考的事，便说："久明对我谈过，他想上哈尔滨军事工程学院，怕万一考不好，不被录取，想请您给学院刘院长（滕代远的老部下）写封信。"滕代远听后回答说："读书，上大学，要靠自己的努力，不能靠父母的地位和私人关系。大学能考上更好，考不上也没有什么。为人民服务的工作多得很，做工、种田、当兵都可以。"后来，滕久明经过自己的刻苦努力，考上了哈尔滨军事工程学院。

1969年，中苏局势紧张。周恩来和中央政治局成员，按照毛泽东和中共中央根据

注释

1. 航信：航空邮件。
2. 第一次"围剿"：1930年12月，国民党反动派对中国共产党领导的革命根据地发动的大规模"围剿"战争。
3. 利儿：指滕代远的五儿子滕久昕，当时在内蒙古锡盟牧区。
4. 农垦兵团：中华人民共和国成立后组建的各类生产建设兵团。
5. 耕儿：指滕代远的四儿子滕久耕（后改名滕飞），当时在国防科委某部任战士，后被树为国防科委系统学习雷锋先进个人标兵。
6. 久光：指滕代远的二儿子滕久光，当时任海军北海舰队航空兵。

当前形势作出的在京老同志于 10 月 20 日或稍后战备疏散到外地的决定，分批会见在京的一些老同志，传达疏散决定。朱德、董必武、李富春和滕代远等人于 10 月 20 日由北京飞抵广州，后转到从化温泉宾馆。

这年秋天，沈阳军区某局到哈尔滨军事工程学院招收一批学员从事情报工作。滕久明通过专业考试，和一批同学穿上军装，被分配到辽宁铁岭工作。此信就是滕代远从广东从化温泉宾馆翠溪二号楼驻地写给在铁岭部队服役的儿子的。

滕代远与家人在北京寓所，左起：三子滕久明、滕代远、五子滕久昕、夫人林一、四子滕久耕

滕代远夫妇与滕久明，1969 年摄于广东从化温泉宾馆

学习就是工作，工作中也要学习
——1970年4月4日陈翰笙致外孙女吴笙（节选）

陈翰笙（1897—2004），原名陈枢，江苏无锡人。1915年赴美国勤工俭学，1921年在芝加哥大学获得历史学硕士学位。1922年赴德国，1924年在柏林大学获得博士学位后回国，任北京大学史学系教授。1926年经李大钊介绍，秘密加入共产国际，从事地下革命工作。1930年任中央研究院社会科学研究所副所长，主持社会学组工作。1935年加入中国共产党。1951年后，先后担任外交部政策研究委员会主任，中国科学院哲学社会科学部学部委员、国际关系研究所副所长、世界历史研究所所长等职。

小笙：

　　三月廿四日来信已收悉。很高兴知道你曾返北京一次而现在又在厂里工作了。

　　来信提到你工作问题。我想同你谈这个问题。旧社会里青年就业（找工作）的矛盾是什么呢？有钱读大学或专门学院的人可以得到好位置。家里没钱的读不起大学的人只能当学徒[1]，至多做中等技术的事。钱是主要的矛盾。毕业是矛盾的主要方面。现在大不相同了。小学毕业、初中毕业就被分配工作了。钱不再是主要的矛盾了。因此矛盾转为校内校外的工作好不好了。工作好坏便成为主要的矛盾。……

　　新社会里凡百[2]都在创业。新制度正在逐步建立起来。今后定有机会提拔好青年去进专门学校读专门东西。只要把目前的、当今的工作（不管什么工作）搞得很好，搞得大家都满意，那总有一天有机会上进，再入专门学校学习一门高等技术！

　　所以我如果现在站在你的地位的话，我一定要专心做好本职工作。同时要告诉人家（你父亲当然要知道才好）喜欢将来去学习什么。……人家一面知道你本职工作做得好，同时也知道你有志气要上进。人家自然来帮你的忙了。……

　　在本职工作中，不管什么工作，总可以专心学习一些东西。举一个例子。细心体会人家愿意你怎样做事，你就把事做好了。再一个，关心人家有什么困难你就替人家介〔解〕决了困难问题，人家就认为你是好心人，诚心为人服务的。反之，如果你只想自己一面的方便或责任，而不顾到人家的不方便和要求，那就方圆不相纳[3]、两方不对头了。观察好的工人如何做事的，也是一种学习。体会到毛主席的语录而实用之，使用到自己的工作中，就更是一种学习。我们都是在工作中学习的。同时在学习中（学习时期）工作。过去有人要我教一门新的功课，我曾大胆地教了，在教书中自己学习。……学习就是工作，工作中也要学习。这是辩证的看法。学习→工作→学习。

但是，现在的学习是在现在的工作中学习。将来进入专门学校去学习，那又是另一种门类的学习。把现在应该学习的学好，那就更有机会去进入另一种门类的学习了。换句话说，现在的工作做得好好的，那就会有机会转入另一种部门的、更高的、更专门的学习了。所以，如果体会到这些道理，就既能安心工作，并且会把工作做得好好的。

你不是喜欢我给你诗稿看吗？下面是我最近写的几首。

…………

卷心菜
绿叶如花四面摊，
遥看排列翡翠盘。
晴氛笼罩菜畦上，
秀色可餐我心欢。

迎春
风伯[4]逢春来，舒和暖日回。
寒林笑相迓[5]，花坞欣欲催。
窗外多鸣鸟，炉中减余灰。
军民赴公社，播谷喜同陪。

············

　　你妹妹由复兴大街写来的信，我已回复了。她也希望能在最近的将来来你处同你一起工作。

　　请代我向你父亲问候。

　　祝你们都安康。

大笙，四月四日。

信封

注释

1　学徒：跟随师傅学习技术的青年工人。
2　凡百：总括，泛指一切。
3　方圆不相纳：指方榫头和圆卯眼合不起来。
4　风伯：神话中的风神。
5　迓（yà）：迎接。

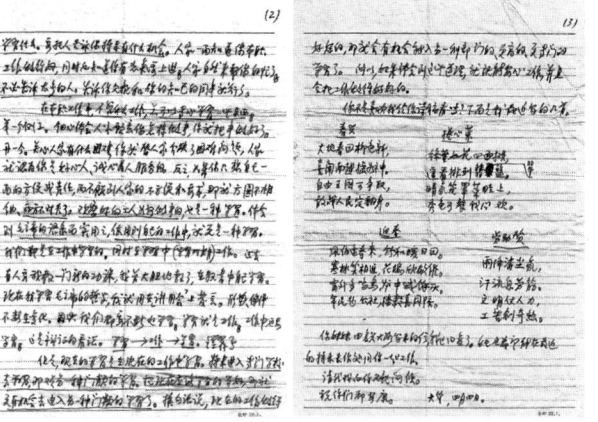

陈翰笙家书

陈翰笙是中国早期马克思主义农村经济学家、社会学家、历史学家、国际活动家。他是收信人吴笙外婆的妹夫，自称"大笙"，称吴笙为"小笙"。

陈翰笙夫妇没有子女，在北京期间，较长时间都与吴笙的外婆同住在东华门大街一座四合院内，两家关系非常融洽。陈翰笙做事十分认真，待人平等、谦和，对吴笙这样的隔代晚辈，他写的信也总是书写规整。陈翰笙喜欢写诗，每次给吴笙写信，都附上他的新作，怕吴笙不明白，还专门详细解释诗中的寓意和引用的典故。

谈到与姨公的这段通信经历，吴笙说：

我不是一个勤于动笔的人，但从那时起直到姨公离开干校，我始终坚持与他通信，想为他排解一点失去亲人的痛苦，为他寂寞的干校生活添一点安慰。姨公总是及时给我回信，而我时常要拖两三个月才回信。1971年他离开干校回到北京，亲友们也陆续回京，我以为自己照顾姨公的任务已完成，逐渐中断了与他的通信联系。回想起来，与姨公的这段通信，获益最多的还是我，每封信都使我得到启迪、教育。
（吴笙：《陈翰笙与"小笙"的故事》，载抢救民间家书项目组委会主编《家书抵万金》，新华出版社2006年版）

"大笙"与"小笙",摄于1952年冬

　　陈翰笙还给吴笙讲过学习历史的体会,说学习历史不是为了著书立说,而是为了解决现实问题,不但要学中国史,还要学外国史。读外国史可以打开眼界,各国之所以有不同的社会发展情况,就与各国的历史有关。他说,一个国家强盛起来,有它的内外因素,对这些因素必须有清晰的了解,才能找到救国的方法。

作一个高尚正直的人，虽苦犹乐
——1972年2月14日胡华致胡宁等诸儿（节选）

胡华（1921—1987），浙江奉化人。1938年10月奔赴延安，进入陕北公学学习，1939年2月加入中国共产党。先后在华北联合大学、华北大学和中国人民大学任教，1956年被评为教授。毕生从事马克思主义理论和中国革命史、中共党史的教学与研究，成果卓著，是中国新民主主义革命史和中共党史学科的主要奠基人和开拓者。

胡宁、胡安、胡静、胡刚、胡芳诸儿：

你们都好吧！

我于9日自江西动身，由于春节火车不断误点，及购票困难，在杭州、宁波各住一夜，至十二日中午始抵家。正好华庆表弟[1]亦来奉化探亲，在车站相遇，晤谈甚欢，在我家住了两夜，今早他进里山家乡去了。奶奶大病之后，虽显龙钟衰老，但精神还好，还能在厨下烧火、洗碗，日夜忙个不停。家里里里外外都靠姑妈奔跑操劳照应。我年过半百，……离别故乡三十四年后，第一次在故乡过春节，感触良深。展望党和国家，在毛主席、党中央领导下，蒸蒸日上，前途越来越美好。……心情是兴奋的，革命意志是旺盛的。且幸身体日益强健，老当益壮，尚可为党工作一些年……

你们五人在外各在自己的工作岗位上英勇奋战，艰苦卓绝，捷报频传，也使我们老辈人高兴，你们互相鼓励，百尺竿头，更进一步，珍惜每一天，珍惜每一步，争取日有可进。王铁人"北风当电扇、大雪是炒面"[2]之句，以艰苦为光荣，以艰苦为幸福，克己奉公的精神，值得好好学习，作一个高尚正直的人，虽苦犹乐。青年时期经历艰苦的锻炼，是毛主席对后一代有意的培养，你们要好好体会党和主席的苦心，不要辜负党的期望。我在青年时期出门革命，十年不归，战火纷乱，出生入死，十年之中，以杂粮为主食，萝卜、白菜汤为付〔副〕食，一年不过吃到一、二次大米；黑夜行军，顶风冒雪，野地露营，比较起来，你们今天生活究竟安定得多，条件好得多，深望积极努力，条件越艰苦，越能锻炼考验人。与日俱进，有厚望焉。

爰作一绝句以志念：

示黑、鄂、吉、京诸儿[3]

一家革命各西东，天涯思念月明中。

征程五七须勤奋，珍惜眼前无限春。

1972春节

....

  我将于21日离家回赣。真是鲁迅所云"返家未久又离家"[4]，他的诗"我有一言应记取，文章得失不由天"[5]，亦可借赠你们。专此[6]

  即祝

春节快乐，进步！

爸爸
1972.2.14
于奉化

注释

1. 华庆表弟：钟华庆，胡华母亲的弟弟钟阿祥的儿子。曾加入志愿军参加抗美援朝，回国后在解放军某部工作，回乡探亲路过北京时常到胡华家歇脚，彼此很亲近。
2. 王铁人，即王进喜。这是1960年冬石油工人王进喜等开发大庆油田时所作的诗。全诗为："北风当电扇，大雪是炒面。天南海北来会战，誓夺头号大油田。干！干！干！"
3. 当时，胡华的5个子女，两个在黑龙江兵团，一个在湖北当兵，一个在吉林插队，一个在北京。
4. "返家未久又离家"："返家"应为"还家"。本句选自鲁迅于1900年创作的一组七言绝句《别诸弟三首·庚子二月》中的一首。全诗为："还家未久又离家，日暮新愁分外加。夹道万株杨柳树，望中都化断肠花。"
5. 这两句诗出自鲁迅《别诸弟三首·庚子二月》中的一首。全诗为："从来一别又经年，万里长风送客船。我有一言应记取，文章得失不由天。"
6. 专此：书信结尾敬语。

胡华家书

1970年1月，胡华从北京赴江西省余江县中国人民大学"五七"干校劳动，与他一起生活多年的母亲也回到家乡。

1972年1月，胡华获准在春节期间返回奉化家乡探望母亲。这是他离别故乡34年后，"第一次在故乡过春节，感触良深"，于是给孩子们写了上面这封家书。孩子们曾写信向胡华报告评上了"先进工作者""五好战士"等，"捷报频传"，作为父亲，胡华自然十分高兴。佳节思亲，胡华思念着"各西东"的子女，同时嘱咐他们要"以艰苦为荣""克己奉公""做一个高尚正直的人""珍惜眼前无限春"等，并以革命战争年代在战火中办学的亲身经历，教育他们在艰苦环境中接受锻炼和考验。在党的培养和胡华的教育、鼓励下，他的5个子女都努力进取，在各自的岗位上默默奉献。

1972年，胡华受命返京担任中国革命博物馆顾问。1978年中国人民大学复校后，胡华先后担任中共党史系主任、名誉主任、博士生导师，中共中央党史资料征集委员会委员，国务院学位委员会学科评议组成员、政治学分组召集人，中国史学会常务理事，《中国大百科全书》历史学编委，北京历史学会副会长，等等，连续担任北京市第七、第八届人民代表大会代表，著有《中国新民主主义革命史》、《青少年时期的周恩来同志》、《南昌起义史话》、《中国历史概要》（与翦伯赞、邵循正合著）等，主编有《中国革命史讲义》《中国社会主义革命和建设史讲义》《五四时期的历史人物》《周恩来的思想及理论贡献》等。

胡华发起并组织成立中共党史人物研究会，任常务副会长并主编大型丛书《中共党史人物传》（1—50卷）。他还参与成立全国中共党史研究会（后改称中国中共党史学会），任常务副会长。长期繁忙超负荷的工作，拖垮了胡华的身体，他不幸罹患肝癌，于1987年12月在上海逝世，享年66岁。

胡华与父母、姐姐在上海合影，当时胡华在宁波旅沪同乡会培本小学读初小，摄于1928年

1972年春胡华奉调回京，在中国革命博物馆担任党史顾问

今天的幸福生活来的不容易
——1977年8月26日杨树达致女儿杨雅珍

杨树达（1921—2000），吉林怀德人。少年时家里贫穷，给地主当过长工。1945年抗战胜利后，参加解放军，在40军119师357团2营6连1排担任轻机枪手，参加了攻打四平、辽沈战役等多次战斗，一路随军南下，在湖南马家桥战斗中身受重伤。1950年10月复员回乡，后长期担任生产队队长，从事农业劳动。

亚珍[1]，来信收到了，放心。

  知道你已经到了油田的单位去上班了，油田的事情爸不懂，但工作都是一样的，不管干什么，都要认真负责，踏踏实实，能吃得了苦，你是个要强的孩子，全家相信你，一定能干好。你要记住爸常说的，你们这一代赶上好时候了，是很幸运的，但要记住，今天的幸福生活来的不容易，是用战友们的生命换来的，现在虽然生活条件好起来，但也要讲艰苦朴素，听说油田挺艰苦，更要讲艰苦朴素了，就跟过日一样，不能大手大脚。你是党员，更要带头了，希望你要好好干，做个优秀的石油人。还有在外要多帮助别人，谁都有难处的时候，互相帮帮，人家也会感激你，新到一个地方，要广交朋友，多个朋友就多一条路，相信你能做好。有什么事不要着急，常来信于家商量。

  家里都挺好，不用惦记。

建军[2] 代笔
77.8.26

注释

1 亚珍：杨雅珍，杨树达之女。
2 建军：杨建军，杨树达长子。

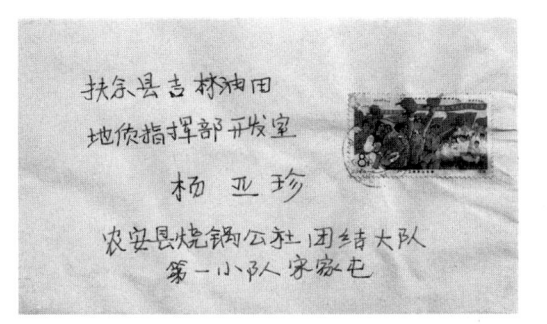

杨树达家书

这是杨树达写给大学毕业刚走上工作岗位的女儿杨雅珍的一封家书，他教育女儿要珍惜今天的幸福生活，艰苦朴素，踏实工作，多帮助别人，"做个优秀的石油人"。之所以有此思想境界，与杨树达的革命经历有关。

参加解放军后，杨树达经历了很多惨烈的战斗，目睹很多战友倒在血泊中。1949年10月，在湖南马家桥战斗中，杨树达为掩护战友撤退而负伤，右小腿肚子被子弹打中，鲜血不停地往外流淌。杨树达咬紧牙关，躲过了敌人的子弹，靠着坚定的信念支撑，一路咬着牙往前爬，爬了整整一夜，天亮时被解放军战地救护人员发现。在临时战地救护所，在没有麻药和血浆的情况下，杨树达忍着剧痛，配合医务人员取出子弹，缝上伤口。不久，他被送往后方医院医治，由于子弹未伤及骨头，总算保住了这条腿，但腿肚上留下了深深的疤痕。

1950年10月，杨树达带着革命伤残军人的荣誉复员回到离别多年的家乡，被分配到人民公社武装部工作。1年后，他辞掉令人羡慕的公职，带着一条伤残的腿，到村里当上了生产队队长，一干就是30年。他倾尽心血，带领乡亲们改造田地，想方设法增产。每到秋收季

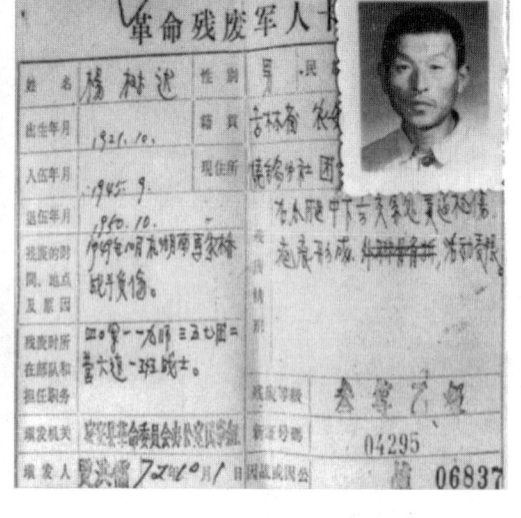

杨树达的革命伤残军人证

节,他更忙了,既要参加秋收,又要检查种子,晚上还要到大队开会。他穿着带补丁的衣服,脏活累活抢着干,一天到晚不闲着,从不叫苦叫累。

　　杨树达常常给子女讲述他所经历的战斗,讲那些牺牲的战友,教育子女国家还很困难,要艰苦奋斗,不能比吃穿,今天的生活来之不易,一定要懂得珍惜。

　　杨树达的女儿杨雅珍,1952年生于吉林怀德,20岁时加入中国共产党。22岁以高分获得公社高考状元,进入有石油界"黄埔军校"之称的东北石油学院(今东北石油大学)学习。1977年8月毕业分配到吉林油田研究院工作,先后担任吉林油田研究院党委办公室秘书、主任及两办(院长办公室、党委办公室合并)主任。2007年退休。

杨树达（第二排左三）与家人合影，第二排左一杨雅珍，摄于20世纪80年代

杨雅珍，摄于1977年9月

今天的幸福生活来的不容易

一个革命者
不要围绕个人问题打转转
——1980年9月13日牟怀真致儿子季嘉(节选)

牟怀真(1926—2013),山东福山人。北京大学史学系本科毕业,1950年加入中国共产党。曾任中国社会科学院外国文学研究所图书室主任、副研究员。

小嘉：

9月7日信收到。相片送去洗，洗好了再寄去。

今天我见到了舅舅，他说部队要评职称，即技术员、助理工程师、工程师、付〔副〕总工程师、总工程师。谁说在部队工作不能发挥作用？国家在前进，尽管有些问题、困难，但总是要进步的，部队能例外吗？你们这些孩子不要身在福中不知福，国家花许多钱培养你们，你们要好好学习，不要受周围一些没有主见的人的影响。依然是那句话，一个革命者不要围绕个人问题打转转，要想到国家。在部队，要在政治上注意锻炼，又红又专的人材，在什么地方都是骨干力量。读书要有方向，专为个人争前途，读不好书。立志为国家四化[1]争上游，才能读好书。一定要名列前茅，绝不要满足于中等。要学好主课，广泛吸取各种知识，切不可浪费青春。搞好工作（社会工作之类）。我始终认为，你走这条路并不比到其他大学差。

我们正在学习人大五届三中全会，这次会开得好，说明我们国家有希望。哥哥仍在争取考电视大学[2]，但以他的基础，完全自学，够艰苦的。

学英语，不要看开始学的人多，要能刻苦学习，学语言很不容易。我在中学毕业后，如不丢掉现在用处就很大，没有坚持，丢了20年再拣起来，生字忘了。所以坚持不丢、刻苦是唯一的办法，没有别的捷径。口语方面，等你将来工作之后，我给你买一架录音机（单学语言，不需收录两用，便宜多了），录一些英语口语，那好办。先把语法、词汇，结合课本弄懂。课余，要多读报、读书，提高中文水平。不管学什么，表现在成绩上，都要用中文表达。中文表达能力差，问题说不清楚，如何钻研技术？

你的毛背心，要过一段才能给你寄去，我太忙了。做家务事，只能在下班时间，工作累。

寄去相片九张。

宁阿姨来信说，西德城市很干净。……她说，把你在桂林买的腐乳带去快吃光了，后悔没有带盐菜去。东西太贵了。寄一封信到我们这里要一元人民币，还只能用最薄的纸两面写。有空来信。

爷爷、婆婆、舅舅问你好！

妈妈
九月十三日

注释

1. 四化：四个现代化的简称，即工业现代化、农业现代化、国防现代化、科学技术现代化，是20世纪50年代至60年代党和国家提出的国家发展目标，一直延续到改革开放初期。
2. 电视大学：以广播、电视等现代传媒技术实施高等教育的一种教学机构。

牟怀真家书

  1979年夏，收信人季嘉高中毕业后参加北京市高考，以刚过普通大学理科录取线的考分，被位于桂林南郊的空军高射炮兵学校录取。他此前从未听说过这所学校，总觉得不如正规大学好，对自己上军校的前途感到迷茫，加上学校刚刚复建，条件较差，且离家较远，生活不太习惯，因此他在写给妈妈的信中有所流露。

  那时候，电话很少，也很难打通，人们之间的联系主要靠书信。季嘉到桂林读书也是通过家书与家人保持沟通，基本一周左右跟家人互通一封信，相互传递信息，交流思想。从这些家书中可知，牟怀真从生活到学习，再到思想上，全方位关心儿子的成长，教育儿子安心在军校学习，抓紧宝贵的时间，把自己锻炼成一名合格的军人。她在1979年10月8日的家书中嘱咐孩子要加强政治课学习，胸怀祖国，"做人要有理想、志气，理想和志气自然都要和国家利益结合起来"。

  牟怀真的丈夫力扬，1908年生，浙江青田人，中共党员，现代著名诗人，曾任中国科学院哲学社会科学部文学研究所研究员、中国作家协会全委会委员。出版有《枷锁与自由》《我底竖琴》《射虎者及其家族》《给诗人》等诗集。1964年5月不幸病逝。当时季嘉才2岁，同母异父的哥哥还不到10岁，从此牟怀真在工作之余一个人带着两个儿子生活，既当妈，又当爸，相当辛苦。

上面这封家书写于季嘉第二学年开学不久。牟怀真给儿子写信，开头告诉儿子在部队工作一样有前途，同样可以发挥重要作用。她接着指出，读书不是为了个人前途，而是为了国家"四化"建设，要力争上游，不要甘于平庸。她还结合自己的经历，介绍了学习英语的方法，并强调多读书读报、学好中文的重要性。

季嘉在军校非常努力，没让妈妈失望。他在桂林克服水土不服等困难，在完成军事训练和各门专业知识学习的同时，抓紧业余时间学习文化知识，每天收听英语广播和讲座。他经常写信让妈妈、哥哥从北京购买《高等数学习题集》《北京科技报》《电工学》《英语学习》《政治经济学》等书刊，他的雷达维修等专业知识很扎实，几乎每次考试都名列前茅。由于表现突出，季嘉在第二学年上学期被指定为代理区队长，并递交了入党申请书。两年后他以优异成绩毕业，分配到空军高射炮兵第七师十九团二连担任雷达技师。

季嘉，摄于在桂林军校读书期间

牟怀真和儿子季嘉，1985年摄于北京

尽早成为一个人格、
素质俱佳的对社会有用的人
——1993年9月20日孔繁森致女儿孔玲

孔繁森（1944—1994），山东聊城人。1961年参军，1966年9月加入中国共产党。1969年从部队复员，先当工人，后被提拔为国家干部。1979年积极响应组织号召，主动报名赴西藏工作，担任日喀则地区岗巴县委副书记。1981年，奉调回山东。1988年第二次赴藏工作，担任拉萨市副市长，分管文教、卫生和民政工作。1992年底，第二次赴藏工作期满后，被任命为阿里地委书记，继续留在西藏工作。1994年11月29日，率领工作组外出考察返回阿里途中不幸发生车祸，以身殉职，时年50岁。

玲玲：

　　你的来信爸爸收到了，已了解到目前你的处境。我想这是必然的，这是你独立生活的第一步，遇到这些困难是预料之中的事。爸爸第一次出远门当兵到济南，正好比你小半岁。我1961年当兵，可以说对于城市生活什么都不懂。第二年入团。1964年在周总理的邀请下，去北京参加了全国的国庆观礼活动。就在这一年我加入了中国共产党[1]，也填补了咱们家祖辈没有参加共产党的空白。当时我是带着你大娘从张庄借的七元钱上路的，而当兵的第一年我就节约了五十元钱寄回了老家……

　　玲玲，你现在填补了咱家没有正式大学生的空白。你考上了大学，了却了爸爸盼望已久的心事。今天实话告诉女儿，自从你考入中学以后，我就把盼望你上大学的愿望埋在了心底。回想往事，爸爸觉得你的成长至少有两点值得我总结。一是由于我的工作环境，朋友多、同事多、工作调动频繁，虽然影响了你的学习，但也使你接触社会太早，成熟过早。二是我要求你们几个孩子太严了，望子成龙的心情过于迫切。从现在看大有好处，不然的话，这个环境对你们不利。

　　我看过不少名人自传和他们的成长过程，比如居里夫人、宋庆龄主席、我国医学专家林巧稚等，她们的出身有的是贵族，有的是贫民，但她们却有个共同的条件，一是家教比较严，二是性格内向，三是有自己的奋斗目标。

　　爸爸不盼望你当什么名人，而想让你尽早成为一个人格、素质俱佳的对社会有用的人，这既是社会的需要，也是家庭的需要。爸爸知道你是一个十分要强的人，而且也有雄心壮志，我相信你一定会成长为一个有出息的人。我肯定地说，爸爸没法和你比。

爸爸文化低，有时候工作起来就有点力不从心，这个"力"就是科学文化的力量。

爸爸多么渴望有这种强大的力量来支撑我，但小时候没这个条件，已与它失之交臂了。我现在只能在祖国需要的地方，在党安排的岗位上踏踏实实地做点贡献。

对此，爸爸也是壮心不已。爸爸还不到五十岁（1944年生，1993年四十九周岁），还能陪伴着你们年轻人跑一程。

玲玲，我本应早点给你去信，但在你和你妈妈走后的第三天下午，我就做了手术。今天刚下床，不久就回阿里。躺在床上，才能静下心来想好多事，也想到了我的女儿。所以，今天就写了这几个字。

除去学习锻炼身体外，有时间看点文学和历史，善于和不同性格的同学交交朋友。

夜深了，病友们都睡着了，我也要躺一会儿。

爸爸：孔繁森

1993年9月20日于医院中

注释

1　此处作者记忆有误，他加入中国共产党的时间应为1966年。

1979年，孔繁森积极响应组织号召，主动报名赴西藏工作。当时，父亲70岁，母亲78岁，妻子体弱多病，孩子尚处幼年，户口都在农村，家庭困难重重。进藏前，母亲问他能不能不去，他跪在母亲面前说："我是党的人，党需要我。"到西藏后，孔繁森担任日喀则地区岗巴县委副书记。在岗巴工作3年，孔繁森跑遍了全县的乡村、牧区，与藏族群众结下了深厚的友谊。

孔繁森（前排右一）获奖时和战友的合影

第一次援藏前，孔繁森和老母亲的合影

1988年，山东省再次选派进藏干部，组织上认为孔繁森在政治上成熟，又有在藏工作经验，便决定让他带队第二次赴藏工作。进藏后，孔繁森担任拉萨市副市长，分管文教、卫生和民政工作。到任仅4个月时间，他就跑遍了全市8个县（区）所有的公办学校和一半以上的村办小学，为发展少数民族的教育事业奔波操劳；为了结束尼木县续迈等3个乡群众易患大骨节病的历史，他几次爬到海拔近5000米的山顶水源处采集水样，帮助群众解决饮水问题；了解到农牧区缺医少药的情况后，他每次下乡时都特地带一个医疗箱，买上数百元的常用药备着，工作之余就给农牧民群众认真地听诊、把脉、发药、打针，直到小药箱空了为止。

1992年，拉萨市墨竹工卡等县发生强烈地震，孔繁森在羊日

孔繁森和西藏学生

岗乡的地震废墟上领养了3名藏族孤儿：12岁的曲尼、7岁的曲印和5岁的贡桑。收养孤儿后，孔繁森生活更加拮据，为此他曾3次以"洛珠"的名义献血900毫升。

　　1992年底，孔繁森第二次调藏工作期满，西藏自治区党委决定任命他为阿里地委书记，这意味着他将继续留在西藏工作。

　　阿里地处西藏西北部，平均海拔4500米，被称为"世界屋脊的屋脊"。这里地广人稀，常年气温在零摄氏度以下，最低温度达零下40多摄氏度，每年7级至8级大风在140天以上，恶劣的自然环境、艰苦的生活条件使许多人望而却步。年近半百的孔繁森赴任阿里地委书记后，在不到两年的时间里，全地区106个乡，他跑了98个，行程8万多千米，茫茫雪域高原上多地留下了他深深的足迹。

　　1993年，孔繁森的女儿孔玲考上了大学。孔繁森在写给女儿的家书中，结合自己的成长经历，告诫女儿要学会独立生活，勤俭节约，树立明确的奋斗目标，并且希望女儿"尽早成为一个人格、素质俱佳的对社会有用的人"。孔玲没有让父亲失望，她努力学习，追求进步，考取了研究生，获得了博士学位，加入了中国共产党，后长期从事法律工作。

1994年8月26日,孔繁森和家人的最后一次合影

孔繁森有一句名言:"爱的最高境界就是爱人民。"他怀着对人民的无限热爱,想人民之所想,急人民之所急,主动到条件极为艰苦的西藏地区工作,夙夜在公,踏踏实实践行共产党人的初心和使命,直至生命的最后一刻。

孔繁森去世后,中共中央组织部追授他"模范共产党员""优秀领导干部"称号。人们在料理孔繁森的后事时,发现两件遗物:一是他仅有的8元6角钱;二是他去世前4天写的关于发展阿里经济的12条建议。

孔繁森被誉为新时期共产党员的榜样、领导干部的楷模。2003年,时任浙江省委书记、浙江省人大常委会主任习近平在《之江新语》中写道:要学习孔繁森同志的境界感。

2009年9月10日,孔繁森当选"100位新中国成立以来感动中国人物"。

2018年12月18日,党中央、国务院授予孔繁森同志"改革先锋"称号,颁授改革先锋奖章。

2019年9月25日,孔繁森被中央宣传部、中央组织部等部门联合授予"最美奋斗者"称号。

群众是
我们的力量源泉和胜利之本
——1995年9月20日吴润身致侄子碾孩、侄媳杏琴（节选）

吴润身

吴润身（1912—2000），曾用名毓太、吴宇。山西沁县徐村人。1937年加入中国共产党，任徐村党支部书记、抗日小学校长。后任中共沁县十区区委宣传委员、六区区委副书记、沁县县委宣传干事、沁县五区区委书记。1939年在中共太岳地委党校学习。解放战争和中华人民共和国成立初期，先后担任中共沁县一区区委书记、沁县公安局局长、长治市公安局局长、太原第三工程处第五公司党委委员等。1956年后，历任太原市公安局二处处长、国营兴安化学材料厂副厂长、晋东化工厂党委书记、兴安化学材料厂党委书记等职。1978年当选为中共山西省委第四次代表大会代表。1984年11月离休。

碾孩、杏琴：

　　来信收到，看了您们的信，全家很高兴，知道您们全家七口人都好，小翔龙也活泼吧，我们非常欣慰！太原咱家也都好，望勿想念。……在庆祝抗战胜利50周年，让我写回忆录和自传，……现把当时的情况与我的简历叙述如下：我是在事变[1]后半年即1937年后半年入党的，1938年参加工作……其中工作最困难最危险的经历有三次，第一次在沁县五区任区委书记兼区政委时，第二次当中共代表与敌人停战谈判时，第三次是任兴安化工厂保卫厂长和任厂党委书记时。先讲1943年任沁县五区区委书记时。五区在当时是沁县最危险的一个地区，它是接敌区也叫游击区，敌强我弱，是一个出生入死的地方……在1943年的秋天，我从沁南县委开会回区时，路过二沁大道敌人封锁线，护送我的部队已经返回去了，路过开村时发现开村后面的紫山上哨树还立着，（哨树是防避敌人侵扰出发的一种信号，是用民兵看守，如没有敌情时哨树就立着，如发现敌人出发侵扰时就放倒，群众就躲避了）我以为没有敌情，就从紫山下走过，到临近紫山时发现山中间有人影走动……我发现山腰有人影走动，就赶快到石岩下隐蔽，但石岩下已有好多群众在隐蔽着，因之，我把随身携带的文件和手枪埋在沙里。不多时，敌人已来抓人了，我和群众一起逃跑，敌人开枪打人是用的木头子弹。他为什么用木头子弹打人呢？不是因为他没有真子弹，而是因为要抓民夫，准备第二天出发扫荡。……我为什么能混在群众中跑掉呢？因为当时在游击区工作的同志强调群众化，穿的衣服完全和群众一样，……我们在五区（即游击区）的生活是：吞糠咽菜，风餐露宿，牺牲流血，倾家荡产。……我们在群众家里吃派饭，一家七八口人，锅里煮着野菜同糠面擦圪斗[2]，大概有斤多面，煮熟了，一家人不能自己舀饭，只有家庭主妇一手舀。吃上糠菜饭，半夜就饿醒了，再也睡不着了，三人一个家都同时饿醒来了，在家找东西吃，什么也没有，故三人喝白开水充饥。……风餐露宿，是整年不能在家睡觉，热天睡旷野，冬天睡土岗子。……所谓流血牺牲，就是全区主要干部大部牺牲了，区长牺牲了，区委书记牺牲了，区委副书记牺牲了，农会主席牺牲了，武委会主任牺牲了，公安助理员牺牲了等等，就是我是个幸存者。……最后讲我们的政权是从反动派手里夺来的，而不是固有的。我在38年任支部书记时，第一是建党；第二夺政权，因为当时的政权是阎锡山[3]的，他们不抗日，还反对群众抗日，通过发动群众选举夺了政权；第三，组织发动群众成立青救会[4]、妇救会[5]、儿童团，自卫队和成立农民自卫队站岗放哨，妇救会做军鞋，而后就是二五减租[6]和大囤粮大扩兵。党员带领群众参军，我们的军队都是地方党扩大的。

总之，大体就是这些。为了纪念抗日战争胜利五十周年，我写了篇文章，大体内容是，我们党之所以是不可被战胜的，其原因有三，第一是有真理，第二是有人民群众的支持，群众是我们的力量源泉和胜利之本，第三，是有党的优良传统和作风。

供参考。

叔父润身
一九九五年九月廿日于太原

吴润身家书

注释

1 事变：指卢沟桥事变。
2 擦圪（gē）斗：山西的一种面食。
3 1939年，阎锡山发动十二月事变，此后采取消极抗日、积极反共的方针。
4 青救会：全称青年救国会，青年抗日救国团体。
5 妇救会：全称妇女救国联合会，抗日战争时期组织妇女参加抗日活动的组织。
6 二五减租：将传统的收成交租50%减去一半。

1995年，正值抗日战争胜利50周年，83岁的吴润身给侄子吴念孩（即碾孩）和侄媳杏琴写了一封长达7页的家书，一连讲了7个抗日故事，这些故事既有机智躲过日军追捕的惊心动魄，又有他和战友们当年睡旷野、饥寒交迫却时时准备牺牲的艰辛，更有记忆中让他觉得温暖的军民鱼水情……

　　为了保卫人民群众，吴润身与战友一次又一次冒着生命危险开展对敌斗争，浴血奋战，出生入死。在吴润身写给侄子的其他信中，还有很多感人至深的小细节。比如，一次他带着两名战士，在寒冬十月涉冰水过漳河，腿脚冻得比针刺还痛，他们咬着牙，把疼痛化为仇恨，破坏了敌人的交通线，使日军的火车半个月动弹不得，通信设备成为聋子、瞎子。为了分化瓦解敌人，吴润身与战友经常开展政治攻势，把抗日标语写到敌人的据点和碉堡墙上。

　　吴润身在写给侄子的家书中，生动讲述了抗战中亲身经历的故事，以此说明当时对敌斗争的复杂艰巨。他和战友凭借对党的事业的一腔忠诚，满怀革命必将胜利的坚定信心，紧紧依靠群众，在群众的大力

吴润身夫妇（右）与战友夫妇合影，摄于20世纪50年代

支持下，克服各种艰难险阻，按照上级要求，完成了囤粮、扩军、组织妇救会、做军鞋等任务，直至抗战胜利。

　　吴润身还总结了我们党不可被战胜的三条原因："第一是有真理，第二是有人民群众的支持，群众是我们的力量源泉和胜利之本，第三，是有党的优良传统和作风。"这三条原因是我们党的事业成功的基础，他的总结值得我们深思。我们党是马克思主义政党，以实现人人平等的共产主义为最高理想，党的宗旨是全心全意为人民服务，这也是党的最高价值取向。只要坚持这一点，我们就掌握了真理。因此，是否得到人民群众的支持和拥护，就成为衡量党的方针、政策是否正确的最高标准。要想实现全心全意为人民服务这一宗旨，必须立党为公，执政为民，要求党员必须为人民群众谋利益。党的优良传统和作风内容丰富，主要包括理论联系实际的作风、密切联系群众的作风、批评与自我批评的作风。有了这三条，我们党不仅取得了革命战争的胜利，建立了新中国，而且在社会主义建设和改革开放的历程中取得了一个又一个胜利，又带领全国人民开创了中国特色社会主义新时代，如今正走在中华民族伟大复兴的征途中。

附录：

"红色传承·信仰的种子"主题征文活动

亲爱的读者：

到这里您已经读完《红色家书：致我的孩子》。这些家书，历经岁月的洗礼，依然能够触动每一位读者的心灵，让人感受到那股跨越时空的革命精神。这些文字如同火种，点燃了我们内心的热血，激励我们继承和发扬革命先辈的光荣传统，坚守信仰，勇于创新，为实现中华民族的伟大复兴不懈奋斗。

红色家书是一面镜子，让我们在今天这个和平年代，仍能通过这些真挚的文字，审视自己的初心和使命。它告诉我们，无论时代如何变迁，那份对家庭的责任、对国家的忠诚和对理想的追求，都是永远值得我们铭记和传承的宝贵精神财富。

即日起至2024年12月31日，红旗出版社"红色传承·信仰的种子"主题征文活动欢迎您的回信。欢迎读者在阅读这本《红色家书》后，将自己的感悟和思考回信给我们。收信人可以是书中的革命先烈，可以是自己的长辈、朋友或者其他相关对象。这封信也可以跨越时空，致红色岁月、致未来等。让我们一起分享这份历史的重量，一起感受那些革命先辈留给我们的宝贵精神遗产，一起在新时代的征程上，以更加饱满的热情和更加坚定的信念，书写属于我们自己的精彩故事。

来信请寄：浙江省杭州市拱墅区体育场路178号　红旗出版社编辑部（收）

线上投递邮箱：hongqishuzi@163.com

活动结束，组委会将筛选一批优秀作品，视作品数量和品质考虑成书，入选者将获得本次主题征文活动获奖证书一份。

| 3 | 1 | 0 | 0 | 3 | 9 |

贴邮票处

浙江省杭州市拱墅区体育场路 178 号
红旗出版社编辑部（收）

"红色传承·信仰的种子"主题征文活动　　邮政编码